EDITION PESTUM

D1865416

Karlhans Frank

Fliegen soll er wie ein Drache

Eine fantastische Reise ins Land der Sprache

Mit Bildern von Benno Geisler

Edition Pestum

CIP-Kurztitelaufnahme der Deutschen Bibliothek

Frank, Karlhans:
Fliegen soll er wie ein Drache : e. fantast.
Reise ins Land d. Sprache / Karlhans Frank. Mit
Bildern von Benno Geisler. – München : F.
Schneider, 1986.
(Edition Pestum)
ISBN 3-505-09231-2

NE: Geisler, Benno:

EDITION PESTUM

8000 München 46 · Frankfurter Ring 150
Umschlaggestaltung: Claudia Böhmer, München
Umschlagbild und Illustration: Benno Geisler, Frankfurt/Main
Redaktion: Monika Raeithel-Thaler
Herstellung: Brigitte Matschl
Satz/Druck: A. Huber, München
ISBN: 3 505 09231-2
Bestell-Nr. 9231

IN-HALT
AUS-FAHRT

1. KAPITEL

FLIEGEN SOLL ER WIE EIN DRACHE

„Hach, so'n Quatsch!"
Die drei Worte schepperten durch den Klassenraum wie drei Steine über ein Wellblechdach. Dabei hatte Katja nur still in sich drin denken wollen, höchstens sanft flüstern. Aber die Worte waren ihr herausgeplumpst, in ein Unterrichtsbrüten hinein.
Dreißig Mitschülerohren wackeln vom Nachklang. Zwanzig Köpfe drehen sich, einige schneckenschleichlangsam, andere bienenflügelflink. Zweiunddreißig Augen sind auf Katja gerichtet. Manche blitzen erfreut, andere glotzen erschreckt. Herr Kaffel aber strahlt starr wie ein Auto mit eingeschaltetem Fernlicht. Jetzt hupt er auch noch. „Was ist Quatsch, Katja?"
So direkt angefahren wollte Katja nicht zur Seite springen. „Sie haben gesagt: Wir schreiben jetzt eine Interpretation. Dabei werden *Sie* doch vor der Klasse herumlaufen, uns argwöhnisch belauern, während *wir* schreiben. Sie selbst schreiben doch nicht mit."
„Dennoch sagt ein gebildeter Mensch nicht Quatsch."
„Sie haben's bereits zweimal gesagt. Sind Sie kein gebildeter Mensch?"
„Wir sprechen uns noch", droht Studienrat Kaffel, den die Schüler Kaffer nennen, dann sagt er zu allen: „Also schreiben wir. Wir schreiben eine Interpretation über Prometheus." Und die Schüler zücken die Kugelschreiber, während ihr Dompteur vor ihnen herumläuft, und er schreibt kein einziges Wort.
„Wir sprechen uns noch", denkt Katja dieses Mal still für sich.

2 9231-12

„Wir sprechen uns noch ist auch so'n Quatsch. Wenn ich mitreden würde bei seinem Sprechen, würde er mir über den Mund radieren, daß es nur so krümelt."

„So eine Unverschämtheit", schimpft Katja zu ihrem Freund Alex, mit dem sie einige Tage später vom Schultor eine Strecke gemeinsam geht. Sie äfft Kaffels Stimme nach: „Und das Fräulein Katja hat das Thema völlig verfehlt und ein Ungenügend." Katja schnauft vor Wut wie ihre Oma beim Treppensteigen. „Nur weil ich mir meine eigenen Gedanken gemacht habe, wie sie nicht in seinem Interpretationsbuch stehen . . ."
„Na ja", wagt Alex einzuwerfen. „Prometheus hat ja das Feuer gebracht und nicht, wie du geschrieben hast, den Sinn."
„Ich bin doch nicht blöd! Denkst du, ich wüßte nicht, was dieser Prometheus nach der alten Mythologie gebracht hat? Ich habe mir gedacht, daß für die ollen Griechen das Feuer elementar wichtig war, und dann habe ich mir überlegt, was heute wichtig ist. Damals hat dieser Obermacker, der Zeus, nicht gewollt, daß die Menschen Feuer kriegen. Und was verhindern ein paar selbsternannte Götter heute? Daß die Menschen Verstand kriegen. Deshalb habe ich geschrieben, daß der Prometheus im übertragenen Sinn Verstand in die Welt gebracht hat, daß er die Menschen erleuchtet hat, daß er Sinn gebracht hat. War dem Kaffel zu politisch, denke ich. Er wollte es feingeistig erklärt haben . . . "
Alex, obwohl mehr als ein guter Freund, hört nicht richtig zu, läßt Katjas Gemecker an den Ohren vorbeipladdern wie Duschwasser. Er addiert im Geist Punkte. „Bekomme ich in Deutsch noch die Zwei oder nicht, das ist hier die Frage", sinniert er.
Aber Katja entrüstet sich weiter: „Ist doch überhaupt eine Frechheit, wenn sich ein Mensch anmaßt, das Denken von anderen Menschen zu zensieren. Zensur ist doch angeblich verboten,

und was die in der Schule mit uns machen, heißt zu Recht Zensieren . . .“
„Denkst du, der Kaffel gibt mir noch ’ne Zwei?“ fragt Alex. Aber Katja antwortet ihm nicht. Die beiden reden aneinander vorbei. Sie hat kein Ohr für ihn frei, und ihr Mundwerk spuckt Worte wie Kirschkerne, die ihn nicht treffen: „Den Gipfel fand ich, wie er so ironisch die eine Stelle vorgelesen hat. Und unsere Klassenkameraden haben wie die Blöden gelacht. Dabei kann er sagen und zensurieren und ironisieren, so viel er will. Ich weiß, daß das eine gute und kluge Stelle ist. Fliegen soll er wie ein Drache, habe ich geschrieben. Der Sinn soll fliegen, aufsteigen, für alle sichtbar in den Lüften leuchten. Hast du das verstanden, wie ich’s gemeint habe?“
„Hast du was gemeint?“ schreckt Alex auf.
„Hast du was gemeint?“ wiederholt Katja den Alex in Wort und Ton. „Mensch, über dir sollte auch Sinn und Verstand aufgehen! Es ist so ein tolles Bild, ‚Fliegen soll er wie ein Drache‘. Statt dessen fliegt die Dummheit herum und hackt dem gefesselten Prometheus die Leber aus . . .“
Katja ist sauer, als hätte sie in Essig gebadet, als wäre sie die unreife Frucht vom Zitronenbaum. Sie fühlt sich grün vor Ärger. Sie muß sich abreagieren. Weil kein Wald in der Nähe ist zum Darinherumrennen, will sie ins Kaufhaus. Das lenkt ab. „Gehst du mit ins Kaufhaus?“ fragt sie den Alex.
Und jetzt reagiert Alex: „Im Kaufhaus hockt der gefesselte Prometheus, und die Dummheit hackt ihm die Leber aus. Und wenn ein Drache leuchtend da herumfliegt, dann hat er keinen Sinn, sondern er ist ein Werbegag.“

Da ist Katja alleine ins Kaufhaus gegangen. Und sie denkt, daß Alex die Wahrheit gesagt hat. „Diese Werbeleute sind schlimmer als der Kaffel“, grübelt sie. „Ich habe gelesen, daß die Schwarzen

in Afrika Ziegen an die Bäume banden, um Löwen zu locken. Die armen Ziegen, aber auch die armen Löwen. Die Löwen wurden nämlich dann getötet, ihnen wurde das Fell über die Ohren gezogen. Und hier wimmelt es von nichtsmeckernden Ziegen, die Käufer locken, denen bei lebendigem Leib das Fell über die Ohren gezogen werden soll."
Katja liest Werbesprüche, und die Wut im Bauch wird dicker:

WISCHWASCH WÄSCHT WEISSER ALS WEISS
ESSEN SIE SICH SCHLANK MIT KNITSCHKNATSCH
MIT EINEM KNOLLE-COMPUTER FÜR 999.98 DM SPAREN SIE BARES GELD

„So ein Unsinn! Diese Sprücheklopfer!" sagt Katja laut.
Ein Kind guckt Katja an, zeigt mit dem Finger auf sie, ruft zu seiner hektischen Mutter hoch: „Spinnt die?"
Und dann steht Katja am Uhrenstand. Das tickt und hackt Zeit in Stücke. Und blaue Zifferblätter sollen flotter sein als grüne. Und mit der Armbanduhr von Schnickschnack kann man sieben Tage unter Wasser liegen und hat noch immer die genaue Zeit. Und mit der Armbanduhr von Schnackschnick kann man unter eine Dampfwalze kommen, ohne die genaue Zeit zu verlieren. Und die Armbanduhr von Schnuckschnick zeigt dir noch im Grab, was die Stunde geschlagen hat. Und mit der Armbanduhr von Schnickschnuck kann man 99 Spiele spielen, ohne seine Zeit zu verlieren. Und das Design der Armbanduhr von Schnickschnackschnuck ist zeitlos . . .
Ganz plötzlich scheint sie stehenzubleiben, die Zeit. Es ist wie ein Traum. Ganz still wird es um Katja. Die Menschen bewegen sich erst nur noch im Zeitlupentempo, werden dabei durchsichtig, beginnen etwa vier Zentimeter über dem Boden zu schweben, erstarren fast. Nur ihre Haare (wenn sie welche haben) zittern ein

wenig. Nicht festgefroren wirken die Menschen, sondern mehr wie Blumen in Windlosigkeit – sogar die verquollene Frau mit dem Mopsgesicht ist eine Blume.
Am Uhrenstand ist eine Frau aufgeblüht, die ist so schön wie eine wilde Rose. Katja weiß es sofort: Das ist eine Fee. Und aus der Fee klingt eine Stimme, die ist rot, füllend und warm wie die Abendsonne im Sommer; die ist süß, erfrischend und ungekünstelt wie eine Orange bei Durst.
Die Stimme sagt: „Du bist Katja. Ich habe etwas für dich. Du sollst erfahren, wen die Uhr geschlagen hat. Du sollst sehen, wohin die Zeit geht. Du sollst wissen, wie spät es ist, ehe es zu spät ist."
Die Fee hält Katja einen grünen Reisewecker entgegen. Der sieht aus, wie ein grüner Reisewecker auszusehen hat. Er ist rund, hat ein weißes Uhrengesicht mit drei Zeigern, trägt als Frisur eine Blechglocke, der man ansehen kann, wie sie scheppern wird, wenn sie loslegt. Drei Beine hat der Reisewecker, zwei unterm Zifferblatt, eins hinten, wo die Aufdrehrädchen und Stellknöpfchen sind.
„Ich brauche keine Uhr", flüstert Katja. „Ich habe eine Uhr. Und wenn wir verreisen, nimmt Vati den batteriebetriebenen Wecker mit. Und ich habe auch kein Geld." Aber sie weiß, daß das falsche Einwände sind, keine Einwände für die Fee. Feen halten nicht an Wänden, weder an Einwänden noch an Außenwänden.
Sie redet weiter, die Fee. „Zeit kostet kein Geld. Zeit ist unbezahlbar. Zeit gehört zum Menschen wie das Leben. Deshalb sind Zeitdiebe Mörder. Wer sich Zeit für Geld stehlen läßt, ist mitschuldig. Deine Zeit gehört nur dir. Diese Uhr kostet nichts. Diese Uhr teilt Zeit nicht ein. Sie hilft dir, Zeit zu nutzen. Es ist ein Reisewecker. Ein richtiger Reisewecker. Die falschen Reisewecker knabbern dir Sekunde für Sekunde von deiner Reisezeit ab. Ein richtiger Reisewecker läßt dich verreisen. Dieser Reisewecker ist der letzte seiner Art, und er ist für dich."

Die Fee drückt Katja den grünen Reisewecker in die Hand, dazu eine Schachtel. „In der Schachtel ist eine Gebrauchsanweisung. Lies sie gut, und gebrauche sie gut“, spricht die Fee. Und verschwindet. Und die Menschen kommen auf den Boden zurück, sind hastig und gierig wie vorher, machen Lärm, obwohl sie schweigen. Und Katja geht mit dem Wecker und der Schachtel in der Hand durchs Gedränge dem Ausgang zu. Dabei ist sie kein Häppchen mehr sauer, der Ärger ist aus ihr herausgepfiffen wie die Luft aus einem kaputten Fahrradschlauch. Nur erstaunt ist Katja, rundherum fluschig tanzherzig erfreut erstaunt.

Die Mutter ist nicht zu Hause. Katja hat den Reisewecker auf den Küchentisch gestellt, sie hat die Schachtel geöffnet, herausgeholt, was drinnen war: eine Landkarte und die Gebrauchsanweisung.

GEBRAUCHSANWEISUNG FÜR DEN ECHTEN REISEWECKER

Dieser hoffnungsgrüne Reisewecker ist der einzige echte Reisewecker im All. Er wird zu besonderen Anlässen an besondere Menschenkinder verliehen.

ACHTUNG

Nach der dritten Reise eines Menschenkindes verschwindet dieser Reisewecker aus dessen Gesichtskreis.
Aufgezogen und gestellt wird er wie eine normale Weckeruhr an den entsprechenden Schräubchen. Tagsüber zeigt er die richtige Zeit der Menschen, nachts holt er sich die verbrauchte Zeit zurück, indem er rückwärts läuft. Zwischen 8 Uhr morgens und 8 Uhr abends entspricht also die angezeigte Uhrzeit der Normaluhrzeit. Nachts läßt sich die Normaluhrzeit aus dem Stand der Zeiger errechnen. Zeigt der Reisewecker nachts 11 Uhr, so ist es in Menschlichkeit bereits 5 Uhr früh. Zeigt der Reisewecker nachts 5 nach 4, so ist es in Menschlichkeit 5 vor 12.

BEACHTE DAS, FÜR DEN FALL, DASS DU NACHTS VERREIST!

Dem Reisewecker beigefügt ist eine Landkarte vom für die Menschen ältesten und wichtigsten Land überhaupt – dem Sprachland. Dorthin kannst du mit Hilfe des Reiseweckers reisen.
Zu diesem Zweck stellst du so, wie du auf einer normalen Weckuhr die Weckzeit einstellen würdest, die Zeit ein, in der du wieder zu Hause sein willst. Keine Reise kann also länger als höchstens 12 Stunden dauern.
Wichtig: Vergiß nie, den Reisewecker aufzuziehen! Wenn das Uhrwerk stehenbleibt, dann ist deine Reise keine Reise mehr, weil du nie mehr zurückkommst.
Ist der Reisewecker aufgezogen und der Zeitpunkt deiner Rückkehr eingestellt, dann mußt du das hintere Füßchen des Weckers auf der Landkarte dahin stellen, wohin du reisen möchtest.

WARNUNG: ANDERE LÄNDER HABEN ANDERE SITTEN!

Viel Glück.

Katja dreht den Reisewecker auf. Er tickt ruhig und freundlich. Sie stellt die Uhrzeit nach ihrer Armbanduhr. Es ist 10 Minuten nach 4 Uhr. Um 5 Uhr wird Mutti wieder da sein. 45 Minuten Reisezeit. Wie wenig, wenn man viel erleben will! Länger fortbleiben kann Katja nicht, weil sich Mutti um Katja sorgen würde, käme sie heim und Katja wäre fort. Soll Katja die Reise verschieben?
Sie ist so neugierig.
Und wer weiß, was sie im Sprachland erwartet? 45 Minuten können entsetzlich lang sein. 45 Minuten sind eine Schulstunde. Oder wenn es im Sprachland Löwen gäbe. Länger als 45 Minuten kann Katja einen hungrigen Löwen nicht davon abhalten, sie zu fressen, vermutet sie.
Katja wird reisen. Und jetzt muß sie los. Sonst lohnt es sich überhaupt nicht mehr. Da kann sie nicht lange die Landkarte studieren.

Wohin? Wohin?
Auf die Inseln der Sprachlosigkeit? – Nein!
In die große Stadt Klug? – Nein!
In die Wortwüste? Ins Silbenmoor? Auf den Dichtberg? Ans Tiefsinnmeer? Nach Quatschburg? Zum Buchstabenwald? – Eine schwierige Entscheidung.
An den langen Fluß Erzähl? – Hm!
Zuerst einmal – es muß entschieden sein! – ins Grenzland, in die Region der Artigkeit, und wenn es noch so ein blöder Name ist. Entschlossen stellt Katja das Zielfüßchen des Reiseweckers ziemlich nahe an die südliche Grenze des Sprachlandes in die Region der Artigkeit.

„Schön, dich zu sehen“,
sagt das kleine Männchen
mit dem knatschgelben Gesicht zu ihr, lüftet dabei den
schwarzen Hut und tritt Katja
gleichzeitig heimtückisch
vors Schienbein.
„Au!“
„Herzlich willkommen“,
sagt die Frau mit dem Fischgesicht, das sie dabei mühsam
zu einem Lächeln verzieht,
und pitscht Katja gleichzeitig mit einer Nadel
in den Po.
„Au!“

3 9231-12

„So ist das Leben“, sagt der Junge mit den alten Raubtieraugen und versucht gleichzeitig und langfingrig, Katjas Kugelschreiber aus ihrer hinteren Jeanstasche zu klauen.
Katja haut ihm auf die Pfoten.
„Bist du aber ungezogen“, tadelt das Mädchen mit den lakenblassen Lippen und flüstert anschließend dem Männchen ins knatschgelbe Ohr: „Sie hat gestern aus purer Bosheit ihrem Bruder mit der Schere ein Loch in sein Lieblingshemd geschnitten.“
Dabei hat Katja überhaupt keinen Bruder.
Dennoch lassen die vier weiter honigsüßes Klebegrinsen auf Katja tropfen, das Männchen verbeugt sich, das Mädchen knickst, die Frau nickt Katja zu wie ein aufgezogenes mechanisches Wohlwollen, der Junge wirft ihr einen Luftikuß zu.
„Pfui, seid ihr niederträchtig“, empört sich Katja.
„So etwas sagt man wirklich nicht“, rügt der Junge.
„So dicke Wahrheiten werden doch in unserer Sprücheklopferei gar nicht mehr hergestellt“, wundert sich die Frau.
„Wer seid ihr überhaupt?“ will Katja wissen.
Das Männchen verbeugt und verbiegt sich, grinst und spricht: „Wir sind die Hochhöflichen, die Heuchler und Schmeichler, Schleimer und Leimer, Meister der feinsten Redensartistik, meine Liebe.“
Katja wendet sich mit Grausen.

Alle Häuser sehen protzig und vornehm aus. Eine der Haustüren ist nur angelehnt. Katja stößt sie auf, bemerkt dabei, daß die wie Eichenholz wirkende Tür aus Pappe ist. Im Hausflur liegt Müll, klebt Dreck, herrscht Abfall. Aus dem Keller riecht es wie nach Leichen.
Ein hagerer Kerl, der sichtlich ein Herr sein will, tritt auf den Flur. Seine weiße Weste ist noch nicht geknöpft, so sieht Katja, daß sein Hemd vorne verkleckert und verkrustet ist von Sabbersud und Sudelmatsch.
„Was wünscht das edle Fräulein?" keucht der Kerl. „Ich stehe gern und jederzeit zu jeglicher Verfügung." Dabei zeigt er flekkige, lange Draculazähne. Und sein Hund wedelt hinten mit dem Schwanz, guckt vorne tückisch und hat ebenfalls ein bedrohliches Gebeiß.
Schnell verläßt Katja grußlos das Haus.

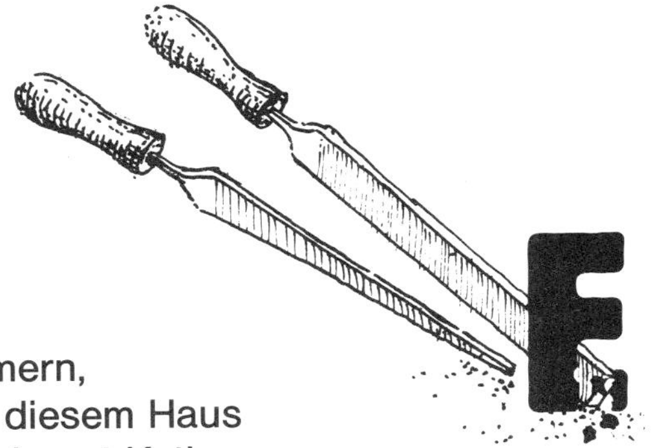

Aus einer Sprücheklopferei tönt Hämmern, Splittern und Feilen. Daß in diesem Haus eine Sprücheklopferei ist, erkennt Katja am Blechschild überm Eingang. Und von diesem Schild läßt sich an dünnem Faden eine dicke Spinne auf Katjas Schulter nieder. Katja fürchtet Spinnen nicht, aber sie will diese doch von der Schulter wegwischen. Doch die Spinne wispert: „Du gehörst nicht zu den Heuchlern und Schmeichlern, Schleimern und Leimern, zu den Redensartisten. Wer bist du? Wo kommst du her?" Die Straßenpassanten heben Hüte, wedeln Hände, knicken ihre Oberkörper in Katjas Richtung, grienen und glotzen.

Deshalb redet
Katja aus dem Mundwinkel, fast wie eine Bauchrednerin: „Ich bin Katja. Ich komme aus der Menschenwelt. Du bist das erste nette Wesen, das ich hier treffe. Wer bist du?“
„Ich bin,
was ich bin: eine kunstvolle Spinnerin. Nur deshalb bin ich noch frei. Sie sagen:
‚Die spinnt sowieso.‘
In dieser Region der Artigkeit hat man alle echten Herzlichen in den Keller vom Haus der Begrüßung gesperrt. Da mußt du hin, wenn du mehr erfahren willst. Aber hüte dich! Sie werden versuchen, dir dort einen so geschliffenen Empfang zu bereiten, daß sie dich anschließend damit erdolchen können.“
„Wo ist das Haus der Begrüßung?“
„Du kannst es von hier aus sehen. Da vorne links an der Ecke. Neben dem Portal ist eine Inschrift eingemeißelt. Es steht da: Dieses Haus sei jedem jederzeit offen.“
Die Spinne
läßt sich vom Wind mitnehmen, ruft Katja zu: „Auf Wiedersehen!“

„Nein, was für eine Überraschung!"
„Entzückend!"
„Das war wirklich nicht nötig, daß Sie sich selbst herbemüht haben, gnädiges Fräulein."
„Untertänigsten Dank für Ihren erhabenen Besuch."
„Oh, wie schätzen wir uns glücklich, Sie sehen zu dürfen."
„Ei, bitte, bitte, danke, danke, datte, datte, binke, pinke."
Eine elegante Schar wieselt und dienert um Katja herum.
„Darf ich Ihnen beim Ablegen helfen?" schleimt einer mit Sonnenbrille.
„Ich bin doch kein Schiff", sagt Katja.
„Erfrischend witzig."
Katja übersetzt für sich „ungeheuer blöd".
„Ist sie nicht zauberhaft!"
Katja übersetzt für sich „so 'ne dumme Pute".
„Herzbewegend, ihre kindliche Unschuld!"
Katja übersetzt für sich „ihre Blödheit dreht mir den Magen um".
Du begreifst, daß Katja die Sprache, die zur Zeit in der Region der Artigkeit gepflegt wird, gelernt hat.
„Was können wir denn für Sie tun, schöne Dame?"
„Ich möchte mir das Haus ansehen."
„Selbstverständlich. Jederzeit. Außer vielleicht jetzt. Kommen Sie doch morgen wieder, oder besser übermorgen, oder am besten im nächsten Monat um drei Uhr."
„Jetzt!" sagt Katja bestimmt.
„Aber natürlich. Wir zeigen Ihnen alles. Wir haben nichts zu verbergen. Gehen Sie schon die Treppe hinauf." Die elegante Schar lächelt und reibt sich die Hände. Das hört sich an, als würde mit Löffeln in Blechschüsseln gekratzt. Dabei drängt sich der ganze Haufen vor einer Tür zusammen. Und jetzt hört Katja auch dumpfes Stöhnen und Seufzen hinter der Tür hervorquellen.
„Ich möchte in den Keller. Ist das die richtige Tür? Gestatten Sie,

meine Herrschaften", sagt Katja fest, geht dabei auf die Tür zu, die Gestalten weichen feige aus.

„Nicht doch, da gibt es nichts zu sehen", murmeln sie. „Da ist es düster. Nur Ratten hausen dort und flatterhafte Fledermäuse. Das ist nichts für eine wohlerzogene Dame wie Sie. Es ist seit Jahren nicht aufgeräumt."

Einer will noch den Schlüssel aus dem Schloß ziehen, aber Katjas Hand ist schneller. Sie dreht den Schlüssel, öffnet die dieses Mal tatsächlich schwere Tür, hört hinter sich erregtes Gezischel und Getuschel . . .

Katja steigt die Kellertreppe hinab,
neunundneunzig Stufen,
dem Stöhnen
und Seufzen
entgegen.

„Wer ist sie? Sie verbeugt sich nicht höhnisch. Sie ist keine von denen.“
„Möglicherweise will sie uns retten.“
Das sind die ersten, ziemlich undeutlich genuschelten Sätze, die Katja hört, ehe sich ihre Augen an das von nur einem einzigen mageren Kerzenflämmchen erleuchtete Schummern gewöhnen. Dann erkennt sie ein Verlies hinter Gitterstäben. Da sind Männlein und Weiblein mit Ketten an die Wand gefesselt. Sogar die Zungen hat man ihnen gefesselt, deshalb ist ihr Sprechen so schwer verständlich.
Doch Katja spürt sofort: Das sind die echten Herzlichen. Denen muß sie helfen. Das ist ihre Aufgabe. Dafür hat sie von der Fee den Reisewecker bekommen.
Aber die Reisezeit muß bald um sein. Bald wird der Reisewecker sie zurückholen. Sie hat keine Zeit, am wenigsten für Höflichkeit. Schnell spricht sie: „Ja, ich will euch retten. Ein Menschenkind bin ich. Erzählt so kurz wie möglich, was hier los ist. Die Zeit ist knapp.“
Eine Frau mit großen, freundlichen Augen berichtet so schnell, wie es ihr mit gefesselter Zunge nur möglich ist:

„Eine Revolution hat im Sprachland stattgefunden. Unser König Sinn regierte gut, trefflich beraten von seinem Bruder Blödel. Unglücklicherweise verliebten beide sich gleichzeitig in Prinzessin Vasylin. So bekamen sie Streit. Fantasie, die ältere Schwester von Vasylin, wollte den Streit schlichten. Es gelang ihr nicht. Blödel war blind vor Leidenschaft nach Vasylin, und selbst Sinns Gedanken waren manchmal getrübt, so daß er nicht bemerkte, mit welchen schlimmen Sprachgespenstern Blödel beratschlagte. Jedenfalls überredeten diese den Blödel zum Putsch. König Sinn wurde an den Felsen Un geschmiedet. Prinzessin Fantasie wurde in Satzfetzen gekleidet und in die Wüste geschickt. Alle Anhänger der beiden wurden eingesperrt, also auch wir. Vasylin aber mag den Blödel nicht, weil er Sinn und Fantasie so schlecht behandelt hat. Jetzt kommt Blödel nicht zum Regieren, weil er ständig Vasylin umwerben muß. Es regieren die bösen Sprachmächte, die Wortklauber, Silbensieber, Maulhelden, Satzdiebe, Wortwechsler, Schlagzeilenhersteller, Sprüchemacher, Phrasendrescher . . . Aber horch, Menschenkind!“

Katja horcht. Es naht metallisches Gerassel und grunzendes Gebrüll.

„Du mußt fliehen“, flüstert die freundliche Herzliche. „Wie können wir dich verstecken? Das sind die schrecklichen operierten Soldaten, die für das sorgen sollen, was man hier zur Zeit für Ordnung hält. Diese Soldaten sind von Professor Sprachschnitzer behandelt worden. Er hat von der Leber jedes Soldaten das „L“ weggeschnitzt, von jedem Herz das „H“, vor allem aber von ihrer Sprache das „Sp“. Diese Soldaten denken nicht mehr, fühlen nicht mehr, sie handeln nur noch auf Befehl . . .“

Ganz dicht ist das Gerassel und Gebrüll. Angst überfällt Katja. Sie sieht schon die ersten Stiefel die Stufen herabkommen.

Der erste Soldat
mit stumpfem Blick
steht schon vor ihr, hebt die
Schlagzeile über Katjas Kopf.

„UNSER FRIEDEN IST DER SCHÖNSTE“

kann Katja entziffern,
da . . .

2. KAPITEL

HIER REGIERT DER NACKTE BLÖDEL

. . . sitzt Katja wieder am Küchentisch, noch etwas herzklopferig, vor sich den Reisewecker – lacht er sie aus übers vollmondrunde Zifferblatt? Flink bringt sie ihn in ihr Zimmer, Schachtel, Landkarte und Gebrauchsanweisung dazu. Schon hört sie Mutters Schlüssel im Türschloß.

Katja liegt im Bett.

Die Mutter hat noch gerufen: „Lies nicht so lange!" Katja studiert die Landkarte.
Wo soll sie morgen hin? Daß sie am nächsten Tag nach Schulschluß reisen wird, steht für Katja fest. Sie will König Sinn befreien, will Prinzessin Fantasie aus der Wüste holen und in neue Sätze kleiden, will dem Blödel wild Bescheid stoßen und gehörig die Meinung geigen, will Vasylin kennenlernen, will den Professor Sprachschnitzer zur Rückoperation der Soldaten zwingen, will Schleimer, Wortklauber, Silbensieber, Wortwechsler, Schlagzeilenhersteller, Sprücheklopfer, Phrasendrescher und die anderen überdrehten und verrückten Sprachmächte auf ihre Plätze verweisen, will die kunstvolle Spinnerin wiedersehen, will die echten Herzlichen aus dem Kerker holen, will, will, will . . .
Aber wie?

Das Sprachland sieht auf der Karte fast wie die Zeichnung eines Kopfes mit Bart im Profil aus. An der Stelle des Auges liegt die größte Stadt, Klug. Wahrscheinlich ist das die Hauptstadt, von der aus Blödel zur Zeit regieren soll. Als Bart beginnt unter der Nase, ragt übers Kinn hinaus die Wortwüste, in der wohl Prinzessin Fantasie herumirrt. Vasylin wird nicht weit vom Blödel sein, wohnt vielleicht auch in Klug. Oder ob sie in Quatschburg an der Plauder lebt, diesem Pickelchen an der Nasenwurzel? Quatschburg könnte die ursprüngliche Residenz von Blödel sein. Die Plauder scheint ein schönes Flüßchen zu sein, das bei Klug in den großen Strom Erzähl mündet. Klug ist an der Erzähl gebaut. Die Erzähl entspringt weit unten am Hinterkopf, schlängelt sich wie der Haaransatz aufwärts zum Tiefsinnmeer. Ziemlich dicht bei der Mündung vom Erzähl ragt der Felsen Un als Horn an der Stirn hervor – er ist der westlichste Punkt des Dichtelgebirges, das sich östlich vom Erzähl wie eine mit Eiweiß verstärkte wirre

Punkerfrisur erstreckt. Die höchste Erhebung im Dichtelgebirge ist der Dichtberg, den man als Ohr ansehen kann.
Den Kragen zum Kopf bildet die Region der Artigkeit, wo Katja bereits in dem Örtchen Willkomm, dem Kragenknopf, war. Eine dichte, kräftige Augenbraue über Klug ist der Buchstabenwald. Und in der Gabel zwischen Erzähl und Plauder dehnt sich das Silbenmoor.

Dort oben im kalten Norden ist also der arme Sinn an den Felsen Un geschmiedet. Befreit sie ihn zuerst, dann steht Sinn einsam am Rand seines Reiches. Wenn die operierten Soldaten kommen, kann er nur noch ins Tiefsinnmeer springen und versuchen, zu den Inseln der Sprachlosigkeit zu schwimmen. Die schweben wie Gedankenwolken im Comic über dem Kopf.
Auch ist es eine Frage, ob Katja allein die Ketten lösen kann, die den Sinn festhalten. Überhaupt fühlt Katja sich zu schwach für die schwierige Aufgabe der Befreiung des Sprachlandes, denkt, daß sie Verstärkung braucht, Freunde. Selbst mit Freunden wird die Kraft nicht reichen gegen des Sprachschnitzers operierte Soldaten. Nur listige Klugheit wird ihr helfen.
Dazu muß sie mehr wissen.
Wo wird sie das meiste erfahren?
In Klug.
Und möglicherweise ist der Blödel ja gar nicht so schlimm. Ist halt bis zur Dusseligkeit verliebt. Wenn Katja richtig mit ihm redet, legt er vielleicht dem Sprachschnitzer das Handwerk, holt Sinn und Fantasie in die Hauptstadt zurück.
Bestimmt hat auch der schreckliche Sprachschnitzer die Stätte seines gräßlichen Wirkens in Klug.
Wenn Vasylin den Blödel heiratet, tritt der Blödel freiwillig zurück, denkt Katja.
Wie mag Vasylin sein?

Wo die kunstvolle Spinnerin zur Zeit kleine Netze fädelt, kann man sowieso nicht wissen. Eventuell, so hofft Katja, hat der Wind sie nach Klug getragen.
Denn Katja wird nach Klug reisen. Ob das eine gute Entscheidung ist? Sie löscht das Licht, aber sie kann lange nicht einschlafen.

Heute hat Alexander Lust auf die Computer-Abteilung im Kaufhaus, und er fragt Katja: „Gehst du mit?“
„Ich hab keine Zeit. Ich muß um 5 zu Hause sein“, antwortet sie. Dabei ist es noch keine 12 Uhr.
„Jetzt verblödest sogar du“, staunt Alexander. „Ich bemerke ja schon seit einiger Zeit einen zunehmenden Verblödungsprozeß bei allen anderen, angefangen mit Kaffel bis rauf zu meinem schlauen Opa. Aber von dir hätte ich ’s nicht erwartet. Als dich der Kaffel heut gefragt hat, wie man Plätzchen trennt, und du gemeint hast, ‚zwischen zwei Rosinen‘, da war ich mir nicht sicher, ob ’s Scherz war oder Hirnschwund. Jetzt weiß ich ’s halt.“
„Keine Zeit für Diskussionen. Du hast sicher recht. Was hast du überhaupt geflüstert? Ach, ist ja egal. Sag ’s mir halt morgen noch mal. Tschühüs!“ rattert Katja und rennt heimwärts. Da steht Alex und hat den Mund so weit auf vor Verwunderung, daß man an seinem Gaumenzäpfchen klimpern kann.

Katja verschnauft kaum. Viereinhalb Stunden Reisezeit nimmt sie sich vor, stellt den Reisewecker, zieht ihn auf, drückt sein Reisefüßchen auf Klug und steht . . .

. . . auf einer staubigen Landstraße, direkt vor einem Ortsschild, auf dem deutlich zu lesen steht:

LUG

Auf der Rückseite des Schildes liest Katja:

KÖNIGLICHE PO-(STATT
HAUPT-)STADT DES SPRACHLANDES

„Mist!“ murrt Katja. „Ich wollte doch das Reiseweckerbein mitten in die Stadt hineinstellen. Da hab ich in der Eile wohl gewackelt. Aber wieso Lug? Wo ist Klug?“

„Bist schon richtig“, erklingt eine feine Stimme. „Der Sprachschnitzer hat zugeschlagen, das ‚K‘ von unserer Hauptstadt entfernt.“ Hurra! Was für ein Glück, daß Katjas Hand gewackelt hat! Die kunstvolle Spinnerin hatte ans Ortsschild ein feines Gewebe gehängt, hängt selbst am seidenen Faden darunter.

Das Gewebe ist so eine Art Transparent, wie man es bei Demonstrationen denen zeigt, die lesen können und wollen. Fein gesponnen steht da:

„NEHMT DEM SPRACHSCHNITZER DAS MESSER,
SONST WIRD UNSER LAND NICHT BESSER."

„Gut", lobt Katja. Da wird die Spinne über und über rot vor Freude, dann aber wieder trauerschwarz, ehe sie wispert: „Aber ohne König Sinn ist auch diese Spinnerei sinnlos. Ich habe auf meinem Weg hierher mindestens hundert solcher Sprüche gewebt. Sobald einer den Text entziffert, sagt er ‚Hirngespinst' oder ‚Umweltschmutz' oder so was und wischt ihn weg."
Verständig nickt Katja. Dann fragt sie: „Was heißt denn dieses ‚Po- statt Haupt-Stadt'? Ist das wieder so ein ungenießbares Sprachschnitzel?"
„Nein", erklärt die Spinne. „Das ist eine der wenigen Amtshandlungen von Blödel gewesen. Er meint, daß es nicht auf das Haupt ankommt beim Regieren, sondern auf den Po, mit dem man auf dem Thron sitzt. Blödel ist ja normalerweise nicht einfach blöd, sondern schön blöd. Wenn er früher, als noch der Sinn über ihm stand, mit der Wahrheit blödelte, war das meistens aufweckend witzig. Aber jetzt, wo das Blöde selbst die Wahrheit ist, ganz ohne Über- oder Hintersinn, ist 's nur noch traurig."
„Das glaub ich", seufzt Katja.

„Der Blödel schämt sich auch für nichts mehr", entrüstet sich die Spinne. „Er verkleidet sich nicht, er zieht überhaupt nichts über."
„Also regiert hier der nackte Blödel", meint Katja.
„Schlimmer!" erklärt die Spinne. „Ein nackter Blödel als Regent wäre bloß komisch und nicht gefährlich. Aber ein nackter Blödel allein kann nicht regieren. Dann kommen die aus dem Dunkel,

5 9231-12

die keiner will, und bestimmen. Der Sprachschnitzer hat alle Macht an sich gerissen. Er ist rücksichtslos, kennt weder Vorsicht noch Nachsicht, kennt nur seine Schnitzersicht und Schnitzersucht."
„Führe mich zu ihm", sagt Katja mutig.

Der Weg ist nicht angenehm. Am Rande der Stadt ist die Sprachmüllhalde. Links und rechts von der Straße müffeln und stinken abgedroschene Schlagzeilen, geplatzte Werbesprüche, aufgeblasene Gedichte, angeschimmelte Geschichten, fauler Redezauber, vom Wind verwehte Erfolgsromane, geblähte Politikerworte, verworfene und zerbrochene Lehrerweisheiten, breitgetretene Winzigwitze . . .
Durchs Wortgerümpel huschen gefräßige Quiek- und Quasselratten, fressen vom Gift, tragen es wieder in die Stadt zurück.

Überhaupt sickert das Sprachgift tief in den Boden, trübt das Wasser der Grundwahrheiten, quillt damit aus den Trinkwasserhähnen in jeden Morgenkaffee.
Auch die Luft ist geschwängert von stickigen Lügen, Halbwahrheitenstaub, Dummheitteilchen, Phrasengasschwaden und Beleidigungswolken. In solchem Klima gedeihen die stechenden Silben, die sirren wie Mücken, wollen Katjas Blut saugen und saufen, ihr dafür sprachknabbernde Erreger impfen.
Doch das gelingt ihnen nicht, denn die Spinne hat längst ein silbendichtes Netz über Katja gehängt.
In den Vororten aber wird es auch nicht schöner. Da betteln Kinder um ein liebes Wort. Da leben Sprachländer, denen man fast alle Worte genommen hat, von Fertigsätzen. Ihre Hauptnahrung seien, erzählt die Spinne, Worthülsenfrüchte aus billigen Heftchenkonserven. Diese billigen Worthülsenfrüchte werden nicht verlesen, werden mit unverdaulichen Steinen verkauft. Deshalb

klappern die armen Sprachländer, wenn sie einmal hüpfen, wie Kinderrasseln.

Zum Worthülsenfruchtbrei trinken die armen Wesen berauschendes und verdummendes TV-Krimi-Wasser.

Katja kullern Tränen über die Wangen, und die Spinne webt ihr ein weiches Tüchlein zum Augen-trocken-Tupfen.

Professor Sprachschnitzer hüpft um die hohe Flamme des Bunsenbrenners wie Rumpelstilzchen ums Feuer. Aus den vielen Taschen seines langen, weißen Kittels blitzen Messer, Hackebeilchen und Skalpelle. Klein ist er. Alles an ihm ist klein. Nur seine Finger sind lang. Die zucken und krampfen, fliegen und flattern, strecken und strampeln, krümmen und knoten, glätten und stoßen.

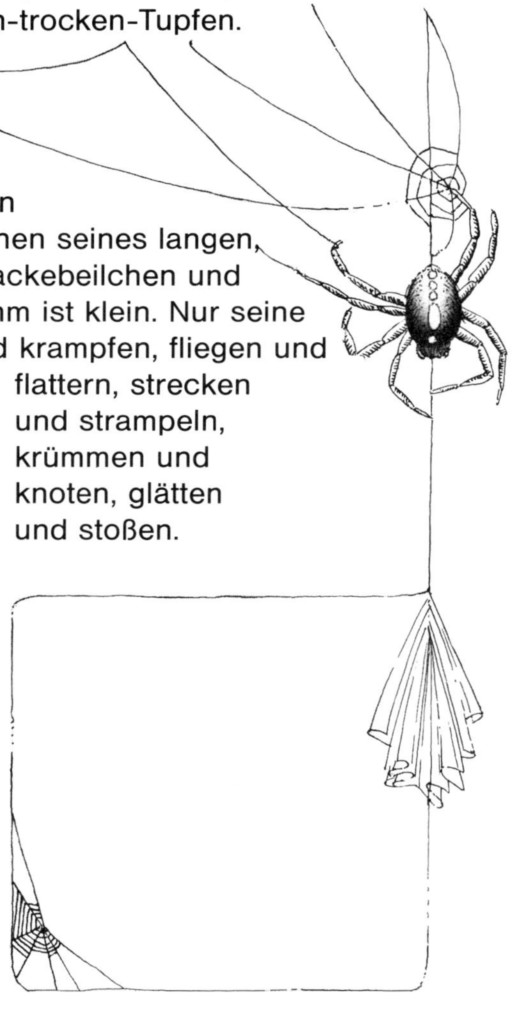

Und die Finger sind grau wie der ganze Professor Sprachschnitzer, soweit er aus seinem langen, weißen Kittel ragt. Grau ist er wie sein Schatten an der gekalkten Wand. An der Wand ist auch sein Kittel grau. Der Schatten wächst und schrumpft, ist zipfelig und glatt, hat Drachenzacken und Raketenglätte in wüstem Wechsel.
Die Flamme sticht, Sprachschnitzer tanzt, der Schatten droht. Und in der Tür steht Katja mit der Spinne auf der Schulter.
Flüssigkeiten brodeln, Reagenzgläser platzen, totenhohl klopft eine Uhr, ein Gebräu wie Blut zischt, Nervensägen klirren auf dem bebenden Tisch, der Professor brummt und ächzt und quietscht vor Lust aus seiner flachen Brust. Und in Katja wächst Angst.
Aus Töpfen stinkt 's, vom Boden modert 's, ein Brei ist aus Schwefel und faulen Eiern gemixt, und das Parfum des Sprachschnitzers scheint Fischtran mit Butterfett zu sein. Und Katja kann kaum noch atmen.

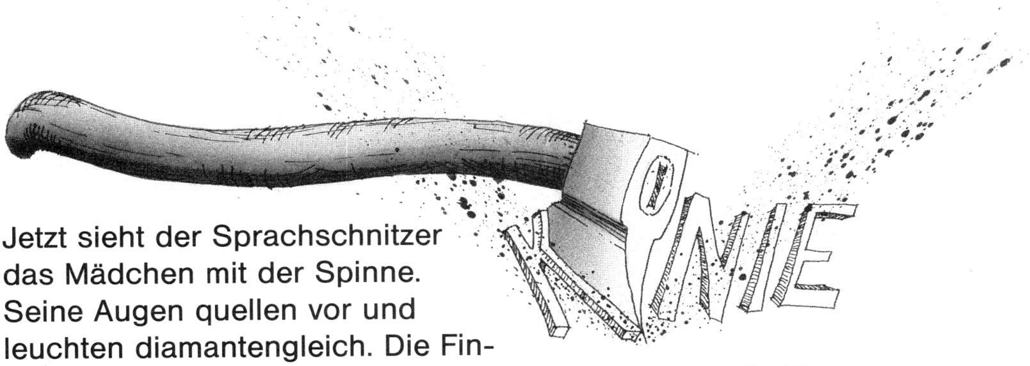

Jetzt sieht der Sprachschnitzer das Mädchen mit der Spinne. Seine Augen quellen vor und leuchten diamantengleich. Die Finger recken sich auf Katja zu, scharf und hart ragen die Fingernägel. Aus dem kleinen Mund sabbert der Professor. Seine Nasenflügel zittern. „Schön", schnauft er. „Schön! Der Spinne nehm ich das ‚S' und das ‚e', dem Mädchen schnitz ich vom Bekken das ‚B'. Vom Knie trenn ich 's ‚K', von den Schenkeln ab das

‚Sch‘. Vor den Rücken setz ich das ‚K‘ vom Knie. Und dann dreh ich das ‚Sie‘, so wird sie ein ‚Eis‘, und dann mach ich sie heiß . . .“
Da hält es Katja nicht mehr. Sie reißt die Türe auf, rast über den frisch gewachsten Flur, fällt fast über einen Kater – oder ist es ein sprachgeschnitzter Vater? – flitzt die Treppe hinab, erreicht die Straße und rennt und rennt und rennt, bis sie nicht mehr kann.

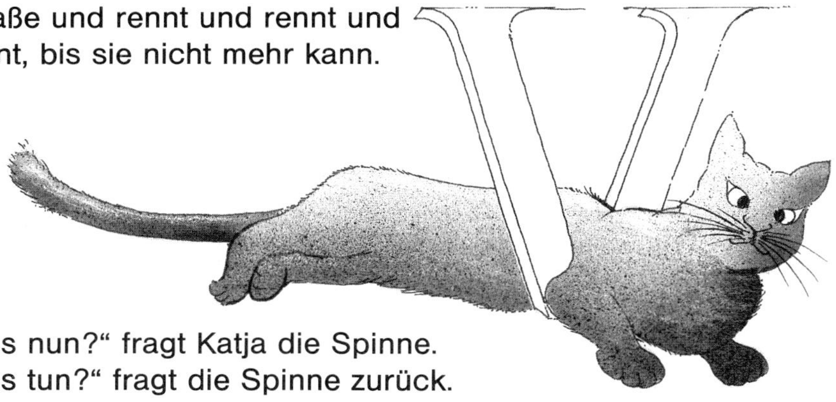

„Was nun?“ fragt Katja die Spinne.
„Was tun?“ fragt die Spinne zurück.
„Wir sollten versuchen, mit dem Blödel zu reden. Schließlich ist er der König.“
„Nur dem Namen nach. König Blödel wohnt nicht einmal in der Hauptstadt. Er hockt in seinem Schloß in Quatschburg an der Plauder vor der Türe des Zimmers, in das sich Prinzessin Vasylin eingeschlossen hat, und heult. Aber versuchen können wir ’s ja. Wir nehmen den Weg durchs Silbenmoor. Der ist zwar gefährlich, aber kurz.“
Eigentlich sollte man sich Zeit nehmen, wenn man reist. Vor allem ein Sprachland sollte man lesen wie ein Buch, es genüßlich beschnuppern, Worte als Sahnebonbons auf der Zunge zergehen lassen, jeden Buchstaben polieren, bis seine Farbe sichtbar wird, Satzzeichen als Ruhestellen benutzen, von denen aus man rückwärts und vorwärts schaut.
Eigentlich weiß Katja, daß es saure, süße und bittere Worte gibt. Eigentlich weiß sie, daß das „a“ stahlblau, samtblau oder nacht-

blau sein kann. Sie weiß, daß jeder Punkt ein kleiner Stuhl, jeder Gedankenstrich ein bequemes Sofa, jedes Ausrufezeichen ein einbeiniger Hocker ist. Aber sie hat ja keine Zeit, sondern eine wichtige Aufgabe. Und die Hatz der Zeit hat der Sprachschnitzer vorgegeben. Er hat die Macht und bestimmt die Zeit. Katja muß die Zeit, die sie hat, in der Tasche lassen (dabei bröckelt immer was ab und rieselt weg). Katja muß die Faust aus der Tasche nehmen (und eine geballte Faust raubt immer die Zeit der streichelnden Hand). Katja muß mit dem Sprachschnitzer um die Wette rennen, darf das Ziel nicht aus den Augen lassen.

Deshalb ist Katja dem Rat der Spinne gefolgt, flitzt mit dem Autorennbus auf der platten Straße durchs Silbenmoor.

Früher – so erzählt die Spinne – hieß der Autorennbus Autorenbus. Der Sprachschnitzer hat ein „n" eingebastelt.

Früher brummte der Autorenbus sanft und leise durch die Landschaft. Es saßen in ihm Dichter, Erzähler, Maler, Musikmacher, die tankten mit Nasen, Augen, Ohren, ja, mit der ganzen Haut, alles Drumherum in sich hinein. Heute tankt der Bus den Saft gepreßter Geschichten, saust wild und röhrend voran, läßt links und rechts liegen, was er nicht plattwalzt oder vertreibt, und es sitzen in ihm Touristen, die nur ans Ankommen denken, wenn sie denken.

„Hui", macht der Autorennbus und ist da. Spuckt seine Ladung aus, säuft neuen konzentrierten Geschichtensaft, saugt alle ein, die mit ihm zurückwollen nach Lug, außer vielleicht denen, die zu langsam sind, die es nicht mehr schaffen, denn er hält sich an den Fahrplan.

So sind Katja und die Spinne in der aus dem Silbenmoor gestampften Industriestadt SF, denn bis Quatschburg braust der Autorennbus nicht mehr. Professor Sprachschnitzer will nicht, daß jemand bis zu König Blödel kommen kann. Er will auch nicht, daß der König Blödel aus Quatschburg herauskommt und sein

Sprachland ansieht. Sprachschnitzer fürchtet, daß Blödel dann den Sinn zurückholen möchte.
SF wurde von der Abkürzungs-GmbH in kürzester Zeit gebaut. Die Abkürzungs-GmbH ist eine der mächtigsten Firmen im Sprachland, seit König Sinn nichts mehr zu sagen hat. Die Abkürzungs-GmbH baut häßliche Hochhäuser, die häufig zusammenfallen, ehe sie bewohnt werden. Manchmal aber brechen sie auch mit ihren Bewohnern zusammen.

SF ist hektisch und fürchterlich und ohrenzerreißend. Überall knallt es, kracht es, rattert es. Wortstaub hängt in der Luft. Silbentrümmer liegen in den Ecken. Buchstabenschrott liegt in den Rinnsteinen.
SF wurde hierher gebaut, weil der größte Wortbruch von Sprach-

land hier ausgebeutet wird. Jetzt werden die einzelnen Wörter dort nicht mehr vorsichtig aus dem Gestein gelöst. Jetzt wird mit Drucklufthämmern elefantöses und monumentales Wortgeklotz abgebrochen. Es wird gesprengt. Arbeitern fallen dicke Wortbrocken auf die Köpfe. Wortgeröll bedeckt die Erde.
Katja und die Spinne sind vom Autorennbus vor einer Wortwechselstube entlassen worden. Darin werden Geschäfte gemacht, Wörter getauscht. Vom letzten Wortwechselstuben-

überfall sieht man noch Einschußlöcher neben dem vergoldeten Portal. Elektronisch angezeigt flackern die Wortwechselkurse. Katja hat weder Zeit noch Lust, den Wortwechselwert zu beobachten. Sie will nach Quatschburg. Ein kleines Schild an einer Ecke zeigt die Richtung: „Quatschburg an der Quassel.“

6 9231-12

„Aha“, sagt die Spinne, „da hat Blödel mal wieder zugeblödelt, aus der Plauder die Quassel gemacht. Es besteht die Hoffnung, daß er noch nicht ganz verblödet ist.“

Katja und die Spinne sind auf dem Weg. Die Straße hat aufgehört. Links und rechts von ihnen droht das Silbenmoor. Tut Katja einen falschen Schritt, dann schmatzt und schnappt das Moor, zieht an Katjas Fuß, will die ganze Katja mitsamt der kunstvollen Spinnerin verschlingen.
Katja geht auf schwankendem Boden.
Plötzlich hört sie irgendwo links vorne eine Stimme. Sie lauscht. Nicht nur die Stimme ist da, sondern auch ein gefühlvolles Schlagzeugsolo – zumindest glaubt Katja, daß es ein Schlagzeugsolo ist.
Nun erkennt sie, was die Stimme ruft. Sie lockt: „Komm Pott Pott Pott! oder „Kompott pott pott!“
Von der niedrigen, krüppligen Trauerweide kommen die Laute. Schwach nur sehen Katja und die Spinne sich dort etwas bewegen. Vorsichtig geht Katja näher heran. Noch näher. Ganz nah. Dann erstarrt sie vor Schreck.
Das ist – das ist doch – das ist doch der Professor Sprachschnitzer, der vor der Weide herumkriecht, wohl etwas hervorlocken will!
Sein Kittel ist nicht winterweiß, sondern frühlingsbunt. Ein Messer blitzt aus seiner Brusttasche. Er schaut auf. Sein Gesicht ist nicht grau, sondern grün und braun vom Silbenmoor. Auch seine

Stimme klingt fröhlich und freundlich und nicht boshaft wie vor kurzer Zeit noch in Lug. Er ruft: „Habt keine Angst. Ich bin nicht der Professor, den ihr kennt. Ich bin der Zwillingsbruder. Helft mir, das verrückte Teekesselchen hervorzulocken. Es rostet sonst."

Tatsächlich: Dieser Professor Sprachschnitzer ist nicht der rücksichtslose Professor Sprachschnitzer aus Lug, sondern sein fröhlicher Zwillingsbruder. Und aus einem Loch im Stamm des Weidenbaums kriecht nun das verrückte Teekesselchen heraus. Das hatte mit seinem Deckel vor Angst das Schlagzeugsolo geklappert, denn es hatte ebenso wie Katja den freundlichen Sprachschnitzer für den fürchterlichen gehalten.
Katja putzt das Teekesselchen mit einem schnellgewebten Läppchen von der kunstvollen Spinnerin blank. Jetzt pfeift es wieder und hüpft fröhlich voran,

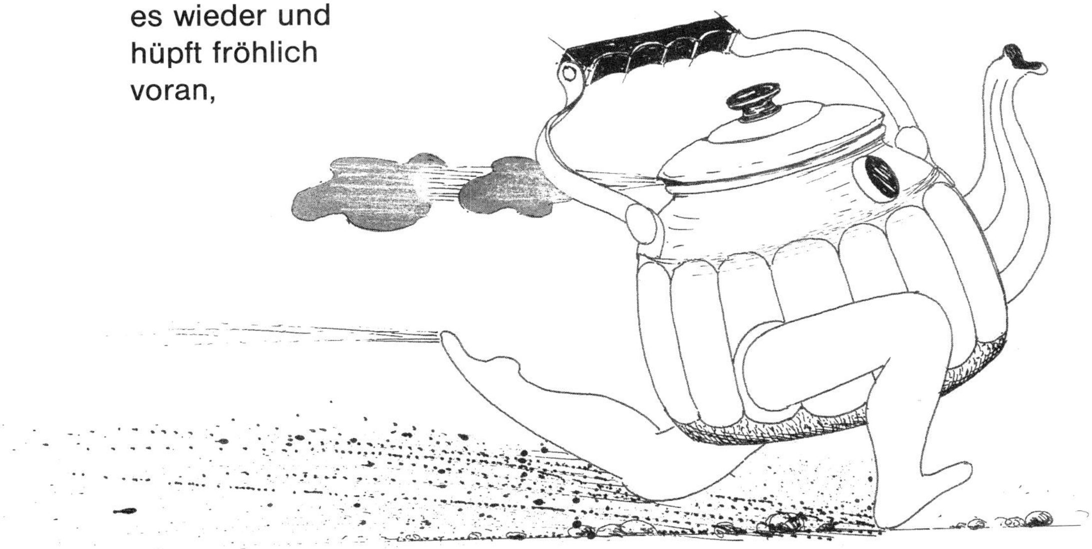

denn der Zwillingsprofessor und das Teekesselchen wollen Katja und der Spinne bei der Befreiung des Sprachlandes helfen. Da ist Katja froh!

„Ich seh etwas, was ihr nicht seht, und das ist weiß“, kreischt das verrückte Teekesselchen. „Es ist“, so pfeift es weiter, „mal oben auf der Marmelade, hier aber hat ’s vier Beine und“, erstaunt klappt ’s seinen Deckel auf und zu, „es hat Flügel!“
Wie als Antwort hören Katja, der Zwillingssprachschnitzer und die Spinne ein lustiges Juchzen mit einem putzigen Schluchzen hintendran, etwa so:
„Holadrihihihahijohohuchzizizibuchzischluchz!“

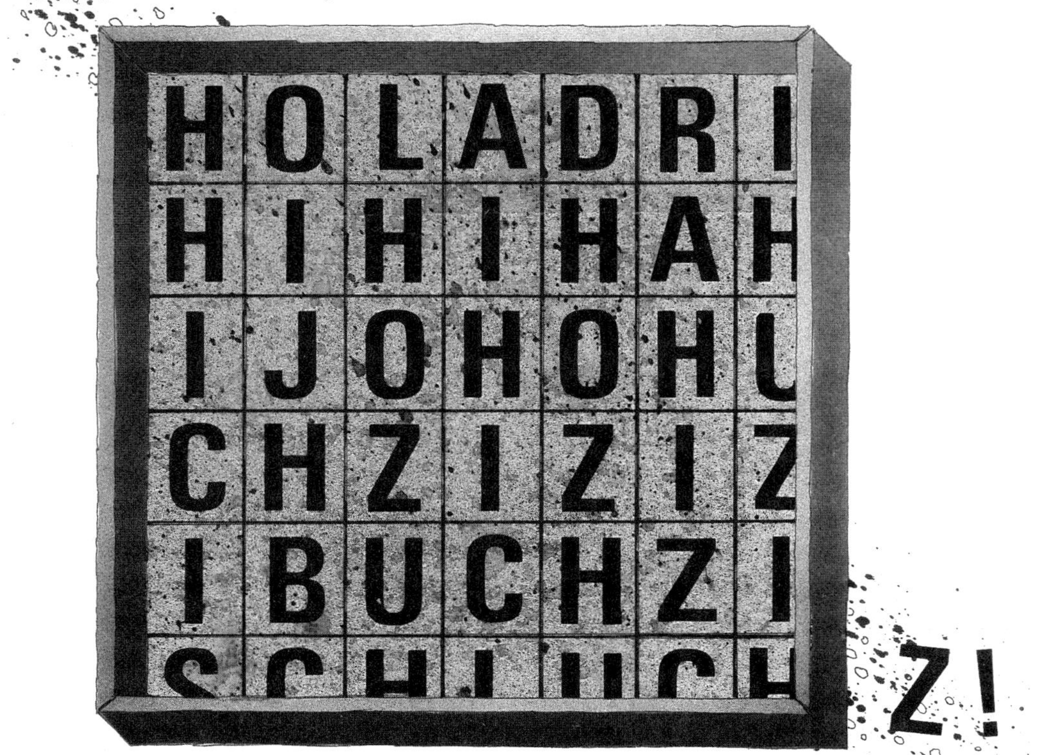

„Da rodelt wer“,
sagt der Professor.
„Jodeln meint er“,
erklärt die Spinne.
Und Katja beeilt sich, um zu sehen, was da weiß und mit Flügeln auf der Marmelade jodelt.
Aber das Weiße mit den Flügeln jodelt nicht. Es ist ein Pferd mit Flügeln. Ein weißes Pferd. Ein Schimmel. „Ich könnte ihm das ‚Sc‘ nehmen, das wäre für uns heiter, aber traurig fürs Pferdchen. Also lasse ich’s“, sagt der Professor. Und das zeigt genau den Unterschied zwischen ihm und seinem Zwillingsbruder.
Neben dem Pferd steht ein Junge, vielleicht eine Nasenspitze größer als Katja, und der jodelt wieder: „Hilidriaaa, hüladrijööön,

das Leben hat Lichter, und Lichter sind schöööön!“
„Wer bist du?“ ruft Katja.
„Ich bin ein Schreibstift aus dem Dichtelgebirge. Ich bin auf meinem treuen Pferdchen Pegasus hierhergeritten, um mir neue Silben zu stechen. Wer aber seid ihr, ihr frischen Fremdlinge, die ihr euch naht auf duftenden Sohlen?“
Während das verrückte Teekesselchen vor Freude an ihm hochspringt, ein Schlagzeugsolo scheppert, während der Professor murmelt, „aus seiner Nase, die sowieso schon mit den Löchern fast nach oben zeigt, eine Vase machen – ob das ihn freut?“, während die Spinne schnurrend ihm einen fantastisch en Himmelsschal in Blau mit weißen Wolken darauf webt, während der Pegasus ein knallgelbes Leu chtegedicht wiehert, erklärt Katja dem Schreibstift aus dem Dichtel gebirge, wer sie sind und was sie wollen und müssen. „Ich bin so frei und bin dabei. Sicher kann ich etwas finden, etwas herumdre hen, unter etwas sehen, in etwas hineinkriechen, an etwas heran schnüffeln – und das ist wichtig denn ein Schreibstift ist ständig in der Lehre, muß suchen und treiben, nur so lernt er besser schreiben. Meine Leser sollen durch meine Augen immer deutlicher die tollsten Sachen sehen. Vielleicht bin ich euch keine große Hilfe, weil ich ja nur ein kleiner Dichtelgebirgsbub bin. Aber mein Pegasus ist tüchtig, findet jeden Pfad, fliegt in jeden Himmel, macht sich flohklein oder sauriergroß.“

„Jetzt sind wir schon sechs", freut sich Katja. „Die kunstvolle Spinnerin, der Zwillingsprofessor Sprachschnitzer, das verrückte Teekesselchen, der Schreibstift aus dem Dichtelgebirge, sein treuer Schimmel Pegasus und ich – wir werden es schaffen, den Sinn zu befreien, das Sprachland zu retten. Hurra!" Und zu dieser Rede scheppert das Teekesselchen ein rockeliges, poppeliges Schlagzeugsolo, das den Pegasus zum Tanzen bringt.

Auf dem breiten Rücken des Pegasus fliegen sie wie im Traum nach Quatschburg. Wunderbar klingt die Musik der starken Flügel. Ihre Blicke baden in den verschwimmenden Farben der Sprachlandschaft. Sie fühlen sich wohl. Trotzdem vergessen sie nicht, daß sie noch harte und schwierige Arbeit vor sich haben.

Hinter der dicken Mauer, die dick genug ist, jeder Lachsalve standzuhalten, landet Pegasus leicht im Hof der Quatschburg. Mitten im Hof kniet der nackte Blödel. Alle erkennen ihn sofort. Seine Arme hat er gegen ein Fenster gereckt, hinter dem Vasylin steht und ihr goldenes Haar kämmt. Alle erkennen sie sofort.

Vasylin ist vollkommen schön. Blödel ist vollkommen blöde. Blödel ist so absolut blöde aus Liebe zu Vasylin. Vasylin ist so absolut schön, weil sie kalt, hohl und unberührt wie eine Puppe ist.
Katja weiß schlagartig, wer Vasylin ist. Sie ist die Form. Sie ist eine Vase, die durch die Blumen, die man ihr gibt, erst Sinn bekommt.
Sinn aber hängt am Felsen Un. Fantasie irrt durch die trockene Wüste. So kann Blödel der Vasylin nur Faschingsblumen aus Papier, Wachs oder Stoff geben.
Und doch sehnt die Form sich nach Sinn.
Und doch vermißt Vasylin die Schwester.
Deshalb bleibt sie leer.
Deshalb kann sie den Blödel nicht erhören.
Das alles weiß der Blödel trotz seines törichten Verliebtseins bis zur Tollheit.
Das alles ahnt Katja.
Und traurig pfeift das verrückte Teekesselchen, webt die kunstvolle Spinnerin ein Tüchlein rot wie die Liebe mit einem Trauerrand drumherum, wiehert tröstend der Pegasus, ruft der Schreibstift aus dem Dichtelgebirge: „Vasylin, Vasylin, laß dein Haar herab!“
Sie tut ’s. Blödel hascht nach den goldenen Spitzen, drückt sie sich an den Mund. Diese Gelegenheit nutzt der Zwillingssprachschnitzer, kramt aus der Kitteltasche ein „Sc“ und eine Tube mit schnelltrocknendem Buchstabenkitt, klebt mit sicherer Bewegung seiner schlanken Hände das „Sc“ vors Herz von Blödel. Und der lächelt.
Da will Vasylin sich am eigenen Haar abseilen, wäre möglicherweise auf dem Boden zerschellt, hätte nicht fingerschnippschnell die Spinne das goldene Haar der Prinzessin mit dem weißen Haar vom Schweif des Pegasus verflochten, während der

7 9231-12

schon aufstieg wie ein Papierdrachen im günstigsten Wind, und knapp überm Boden wird die Prinzessin abgefangen, schwebt, baumelt vor der Nase von Blödel, der atmet so heftig, daß sich Vasylins Röckchen hebt, daß man die wundervollen Beine sieht, und Blödel küßt ihre bloßen Fußsohlen, daß es sie kitzelt, bis sie kichert, und dazu hüpft aufgeregt das Teekesselchen, sein Scheppern hallt zwischen Burgmauern und Schloßmauern hin und her, während das Teekesselchen aufgeregt quietscht: „Es ist Musik und ist aus Stoff, da für die Ohren, hier für die Augen!" – „Rock" meint es damit, Rockmusik und den Rock der Prinzessin.
In dieser purzeligen Pimpelpampelei hakt ein Gedanke sich in Katjas Kopf fest: Bald muß ihre Reisezeit um sein, gleich ist sie weg. Sie spricht so schnell, wie ihre trainierte Zunge es erlaubt: „Erhabener König Blödel. Ist dir klar, daß du Vasylin nicht kriegst, wenn Sinn nicht zurückkehrt? Ist dir klar, daß Vasylin ohne Sinn weder die Deine noch die Seine werden kann und stets unglücklich bleibt?"
Blödel nickt.
„Willst du uns helfen, Sinn zurückzuholen?"
Blödel nickt so heftig, daß sein Kinn – platsch, platsch, platsch – auf seinem Brustbein Beifall klatscht.
„Und du, wunderschöne Prinzessin Vasylin, willst auch du deine Schwester Fantasie und den großen König Sinn wiedersehen?"
Bejahend klimpert Vasylin mit ihren langen Augenwimpern.
„Wirst du uns helfen?"
Da flimmern und schimmern die Augenwimpern als goldene Fächer, mit denen man bei großer Hitze Luft bewegt.
„Ich nämlich muß bald zurück in die Menschenwelt. Aber morgen abend um acht Uhr komme ich wieder ins Sprachland. Wir treffen uns am Felsen Un. Einverstanden?" Pegasus nickt, das Teekesselchen hüpft, der Professor flüstert „ja", die Spinne webt ein grünes Ausrufezeichen, Blödel klappt zustimmend die großen

Ohren zu und auf, der Schreibstift reicht Vasylin bekräftigend die Hand.
„Ihr müßt in dieser Zeit Prinzessin Fantasie in der Wüste finden und sie mitbringen. Geht das?“
„Ich suche gern, vor allem nach der Fantasie“, sagt der Schreibstift.
„Da gibt es kein Wasser“, pfeift das Teekesselchen.
„Ich bastele die Wüste zur Küste“, verspricht der Professor.
„Wer lange sucht, wird alt“, wirft Blödel ein.
„Ja, wie sollen wir sie in der großen Wüste finden, selbst wenn es eine endlose Küste geworden ist?“ fragt die Spinne.
„Nichts leichter als das“, beruhigt sie Pegasus. „Ich rieche die Fantasie kilometerweit, so wie andere Pferde ihren Stall und das Heu riechen. Aber ihr könntet die Prinzessin sogar ohne mich finden, denn selbst in der trockensten Wüste wachsen in ihren Fußspuren bunte Blumen.“
„Oder es glitzern Glasmurmeln darin“, erinnert sich Vasylin.
„Wie aber finden wir aus der Wüste oder Küste heraus?“ grübelt der Professor.
„Einen Faden spinne ich auf dem Weg, der führt uns zurück“, verspricht die Spinne.
„Glasmurmeln, Murmeln – ich habe sie aus ihren Spuren aufgelesen, mich damit geschmückt, und jede Murmel hatte eine ganze Geschichte in sich“, murmelt Vasylin.
„Eins macht der Bach, eins ist besonders schön aus Glas . . .“, hat Katja noch das Blechstimmchen vom Teekesselchen im Ohr, als sie schon wieder am Küchentisch sitzt.

3. KAPITEL

DIE BEFREIUNG DES KÖNIGS SINN VOM FELSEN UN

Die ganze lange Nacht hat Katja nachgedacht. Sie braucht Verstärkung im Sprachland, wenn sie Sinn befreien und den bösen Sprachschnitzer mit seinen Helfershelfern besiegen will. Gegen die Armee von operierten Soldaten kann Katja nur mit den wenigen Freunden antreten, also mit dem verrückten Teekesselchen, der kunstvollen Spinnerin, dem Zwillingsbruder von Professor Sprachschnitzer, dem Schreibstift aus dem Dichtelgebirge auf dem fliegenden Schimmel Pegasus, dem bis zur totalen Tollheit verliebten Blödel und mit der außen sehr schönen und innen leeren Vasylin. Dazu wird wohl die Prinzessin Fantasie kommen, aber vielleicht ist die arg erschöpft vom Herumirren in der Wüste. Auch König Sinn ist sicherlich nicht im Vollbesitz seiner Kräfte, nachdem er die ganze Zeit an den Felsen Un geschmiedet war. Man müßte, denkt Katja, noch jemanden mit gesundem Menschenverstand bei sich haben.
Aber wen? – Den Alexander!
Aber wie? – Vielleicht kann sie ihn mitnehmen. Möglicherweise reist er mit, wenn sie ihn fest in den Arm nimmt. Das wäre einen Versuch wert.
Und wenn es klappt, wie kommt er zurück? Da muß sie ihn auch in den Arm nehmen.
Was aber ist, wenn sie ihn nicht zur richtigen Zeit in den Arm nimmt? Oder wenn das Mitreisen zwar bei der Hinreise, nicht

aber bei der Rückreise funktioniert?
Soll sie es wagen?
Eine bergschwere Verantwortung für ein junges Mädchen!
Und doch will sie ihn fragen.
Reisen wird sie über Nacht. Sie wird auch die erlaubten zwölf Stunden voll und ganz ausnutzen. Von abends acht Uhr bis morgens acht Uhr will sie, muß sie im Sprachland sein. Hoffentlich reicht die Zeit! Zum Glück ist übermorgen Samstag, folglich keine Schule, und samstags schlafen Katjas Eltern länger. Alexanders Eltern auch.
Sie muß Alexander fragen, ob er sich traut.

Oh, so elefantendicke Probleme trampelten eine Nacht lang in Katja herum, trampeln noch immer, jetzt, nach der Schule, während sie mit Alexander spricht. Können elefantendicke Probleme auch noch wie Ratten nagen?
Ja! Sie können!
„Du, Alexander?"
„Was ist, Katja?"
„Gehst du mit?"
„Heute nicht. Ich war gestern im Kaufhaus. Heute hab ich keine Lust."
„Nicht ins Kaufhaus. Ins Sprachland."
„Ojemineh! Meine Freundin Katja ist übergeschnappt."
„Nee, wirklich nicht. Ich hab 'nen Reisewecker."
„Der Reisewecker ist der Mann von der Zuckerwecke, und die Kinderchen von denen heißen Rosinen. Oder heißen die Tick und Tack? Und der Vater Reisewecker ruft die immer: Tick! Tack! Tick! Tack!"
„Du bist blöd."
„Ich? *Ich* erzähle dir doch nix vom Sprachland und von Reiseweckern. Wir haben schließlich auch einen."
„Komm, Alex. Wir gehen in der Eisdiele eine Erdbeermilch trinken, und dabei erklär ich dir alles."
So geschieht es. Alexander ist sofort Feuer und Flamme, erst wie ein Streichholz, dann wie eine Kerze, bald wie ein Vulkan. Natürlich will er mit.
Einerseits ist Katja froh. Und stolz auf ihren Freund. Andererseits sagt sie ihm alle Bedenken und Sorgen und Ängste. Aber Alexander ist nicht mehr zu löschen.

So ein Glück! Alexander darf wegen einer Mathearbeit, für die sie noch bis spät lernen wollen, bei Katja zu Hause übernachten. Und Katjas Eltern sind auf einer Party eingeladen, von der sie

erst spät zurückkommen. „Wir sind ganz leise und wecken euch nicht auf. Ihr seid doch vernünftig, ja?“
Katja und Alex haben „ja“ und „klar“ und „sowieso“ gesagt, aber Katja weiß nicht genau, ob das die Wahrheit war. Ist es vernünftig, den Alexander mit ins Sprachland zu nehmen? Vielleicht klappt es ja gar nicht. Oder es klappt nur der erste Teil des Versuchs. Sie will nicht mehr darüber nachdenken.
Viermal hat Alexander nachgerechnet. Wenn sie um sieben Uhr in der Früh zurück sein wollen, müssen sie die Weckzeit auf neun Uhr einstellen. Aber richten müssen sie sich nach ihren eigenen Armbanduhren, und Katja muß um Punkt sieben den Alexander, wenn er überhaupt dann im Sprachland ist, in den Arm nehmen.
Der Wecker ist aufgezogen. Der Wecker ist gestellt. Ganz fest hält Katja den Alex mit dem rechten Arm umschlungen. Mit der linken Hand stellt sie ganz gezielt das Reiseweckerreisebein an den Felsen Un.

Das erste, was die beiden mit ihren vier Ohren hören, ist die Stimme vom verrückten Teekesselchen: „Mal sind die einen um die andern geschlungen, denn die eine ist ein Körperteil, während die andere ein Fremdkörper ist."
Katja und Alexander haben es geschafft!
„Jaja", antwortet jetzt etwas ungeduldig die kunstvolle Spinnerin. „Sie haben ihm die Fesseln auch um die Fesseln gewunden. Aber wie kriegen wir ihn los?"
Zwar erschöpft, doch klug und ruhig sagt eine Stimme: „Es wäre schon gut, wenn ihr mich bald befreien könntet. Alle vier Stunden kommt das gräßliche geflügelte Wort und geht mir an die Nieren, hackt sich dort ein Fetzchen raus und verzehrt es schmatzend. Das tut weh. Um acht Uhr naht es mit flatternden Flügeln und scharfem Schnabel voll schrecklicher Schreie." Die Stimme gehört König Sinn. Der ist mit eisernen Ketten an den Felsen Un gebunden. Dieser Felsen sieht aus wie der spitze Hut eines Zauberers.
Und neben Sinn kniet eine Frau mit buntem Haar, die streichelt seine von den Ketten wundgescheuerte Haut mit leuchtenden Fingerspitzen, und wo sie streichelt, verschwinden die Striemen – das ist Prinzessin Fantasie. Katja und Alexander spüren das ohne Nachdenken, nehmen es so selbstverständlich auf, wie man eine Musik aufnimmt.
Vor Sinn aber hockt der gute Sprachschnitzer, hat auf einem Tuch Buchstaben und Gerätschaften ausgelegt, murmelt: „Ich könnte aus den Fesseln das erste ‚e' herausschnitzen, dafür ein ‚u' einsetzen, dann könnte er sie abstreifen. Oder ich operiere aus den Ketten das erste ‚e' und füge ein ‚u' statt dessen ein, dann könnte er sie ausziehen. Aber ich habe kein kleines ‚u'."
„Wir haben aber Eile", mischt sich der Blödel ein.
„Jajaja", antwortet ziemlich nervös die Spinne. „Und was soll uns das helfen? He?"

S
S

„Nun, ich dachte“, stottert verlegen der Blödel, „man könnte ein ‚W‘ davor setzen.“
„Blöd“, schimpft die Spinne.
Da wiehert der Pegasus laut.
„Ja, klar“, meldet sich der Schreibstift aus dem Dichtelgebirge zu Wort. „Blödel meint ein ‚F‘. Rechtschreibung ist ja nicht sein Fach!“
„Ein ‚F‘ vor die Eile, ja, das müßte gehen“, brummt unser Sprachschnitzer.
„Eile mit Feile, teile mit Weile, heile die Beile, keile die Meile, o steile Zeile“, summt idiotisch Vasylin.
Mit zitternden Fingern langt der Zwillingsprofessor nach dem einzigen „F“ auf seinem Tuch, da tönt aus der Ferne der schreckliche Schrei des geflügelten Wortes, und unserem guten Professor gleitet der Buchstabe vor Schreck aus der Hand und zerschellt in drei unterschiedlich große „I“. Da breitet sich Entsetzen und Hilflosigkeit in den Gesichtern der anwesenden Sprachlandbewohner aus. Das Teekesselchen pfeift weinerlich, Pegasus läßt seine weichen Pferdelippen hängen, Vasylin spielt kindisch und gedankenverloren mit den Bruchstücken vom „F“, Sinn schaut sinnend und resignierend in die Ferne, Blödel vergräbt sein Gesicht in eine Achselhöhle, die Spinne wickelt sich in ein schnellgewebtes schwarzes Tüchlein, Fantasie kullern traurig klingende Tränen über die Wangen, Sprachschnitzer knirscht mit den Zähnen, der Schreibstift jault wie ein eingesperrter Hund: „Wehe, o wehe, was ich hier sehe, dreht Schrauben mir tief ins schmerzende Herz!“

Über den Jammer hinweg sagt Alexander: „Ich hab ’s!“

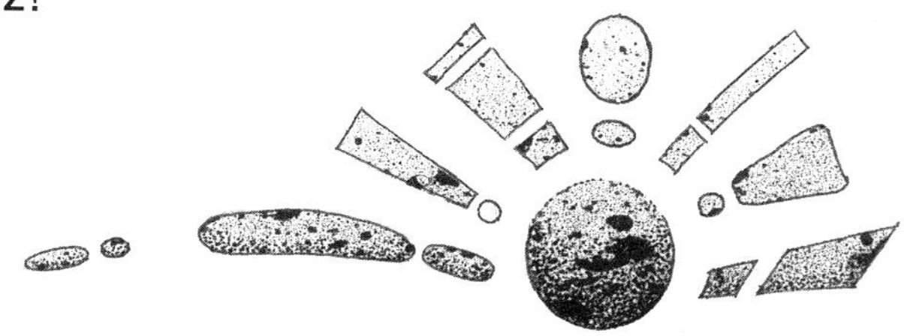

Hoffnung geht wie die Morgensonne in den entsetzten Gesichtern auf, vertreibt die Schatten der Hilflosigkeit.
„Da ist Katja", sagt zufrieden die Spinne, läßt das schwarze Tüchlein wegwehen.
„Sie hat noch jemanden mitgebracht", freut sich der Schreibstift, und Pegasus lächelt dazu mit gestrafften Lippen.
„Zwei sind dreimal soviel wie einer", jubelt Blödel, der seiner Nase wieder frische Luft zukommen läßt. Das Teekesselchen klappert ein heiteres Schlagzeugsolo dazu.
„Zwei sind ein Paar, sie können sich reimen, wenn sie geschickt gemacht sind", bemerkt Vasylin, läßt ihre Buchstabenstückchen zu Boden fallen, und die ergeben ein Dreieck auf dem harten Felsboden.
„Zwei ist nur eine Zahl, da kann ich nichts mit anfangen. Aber ich freue mich trotzdem", spricht unser Sprachschnitzer.
„Ich bin der Sinn", stellt dieser sich vor.
„Ich bin Katja, das ist mein Freund Alexander", erklärt Katja, verbeugt sich dabei, und auch Alex verbeugt sich.
„Und ich bin Fantasie. Aber ihr dürft Fantadu zu mir sagen", läutet die Stimme der Prinzessin.

Die Fantasie erhebt sich, und dabei zwitschern ihre Kleider wie Vögel bei Sonnenaufgang, und sie geht, nein, sie tanzt zu Vasylin, dabei strahlt sie einen Duft aus nach Reis mit frischem Zimt; sie legt Vasylin einen Arm leicht um die Schultern. Da leuchtet Vasylin auf, als sei plötzlich eine Lampe in ihr. Und Fantasie spricht, nein, sie singt, und wie im Film hört man dazu ein Orchester im Hintergrund: „Ich bin die ältere Schwester von Vasylin."
Was für ein wunderschönes und dabei ungleiches Schwesternpaar!
Vasylin muß jeden auf den ersten Blick blenden. Sie ist wie aus Porzellan von Meisterhand geformt. Wie eine Puppe, eine Puppe

für Sammler, nicht eine für Kinder, mit der man spielen kann. Sie gehört in den Glasschrank. Wenn dann das Licht auf sie fallen würde, könnte das Goldhaar leuchten. Mit großen, blauen Augen schaut sie kindlich und abwartend in die Welt. Der rote Schmollmund könnte Bienen locken, sanft daran zu saugen. Aber die Bienen müßten bald merken, daß es sich nicht lohnt. Da gibt es keinen Nektar, keinen Honig. Schlank ist der Hals, voll sind die Brüste, schmal die Hüften, rund ist der Po, endlos lang und fein geformt sind die Beine, klein die Füße, perlmuttern schimmern die Fingernägel und sicherlich auch die Fußnägel in den gelbseidenen Tanzschuhen.

Aber Vasylin alleine ist auch hohl wie eine Porzellanpuppe. Ihr Gesicht bewegt sich nur, wenn andere etwas in sie hineinfüllen, so wie gerade jetzt Fantasie. Vasylins vollkommene Schönheit kann sehr bald langweilen – wie das so ist mit Sammlerstücken.

Fantasie dagegen ist erst auf den zweiten Blick schön. Und auf den dritten, vierten, fünften, jeden folgenden Blick wird sie – ja, schöner? Eigentlich ist „schön" das falsche Wort. Sie wird interessanter, aufregender. Sie ist stets überraschend – das erkennt man schnell, wenn man sie kurze Zeit ansieht. Ihre Schönheit wird sich nicht ausschöpfen, denn sie kommt aus ihr heraus, von innen her.

Bunt ist ihr Haar, aber nicht, daß sie da irgendeine Strähne grün oder lila gefärbt hätte. Dieses Haar ist lebendig. Es wechselt die Farbe mit jeder Kopfbewegung, mit jedem Lichtwechsel. Mal ist es ein Wald, mal ein Wasserfall, mal ein Moosteppich, mal eine Versammlung von Kastanien, mal ein brennender Scheiterhaufen. Darunter die Stirn wie ein Fluß, zwar glatt, doch dauernd bewegt. Die Augen stecken voller Geschichten: gruseligen, spannenden, lustigen, dicken, roten, karierten, lauten, leisen Geschichten. Die Nase kann hacken wie ein Schnabel, stupsen

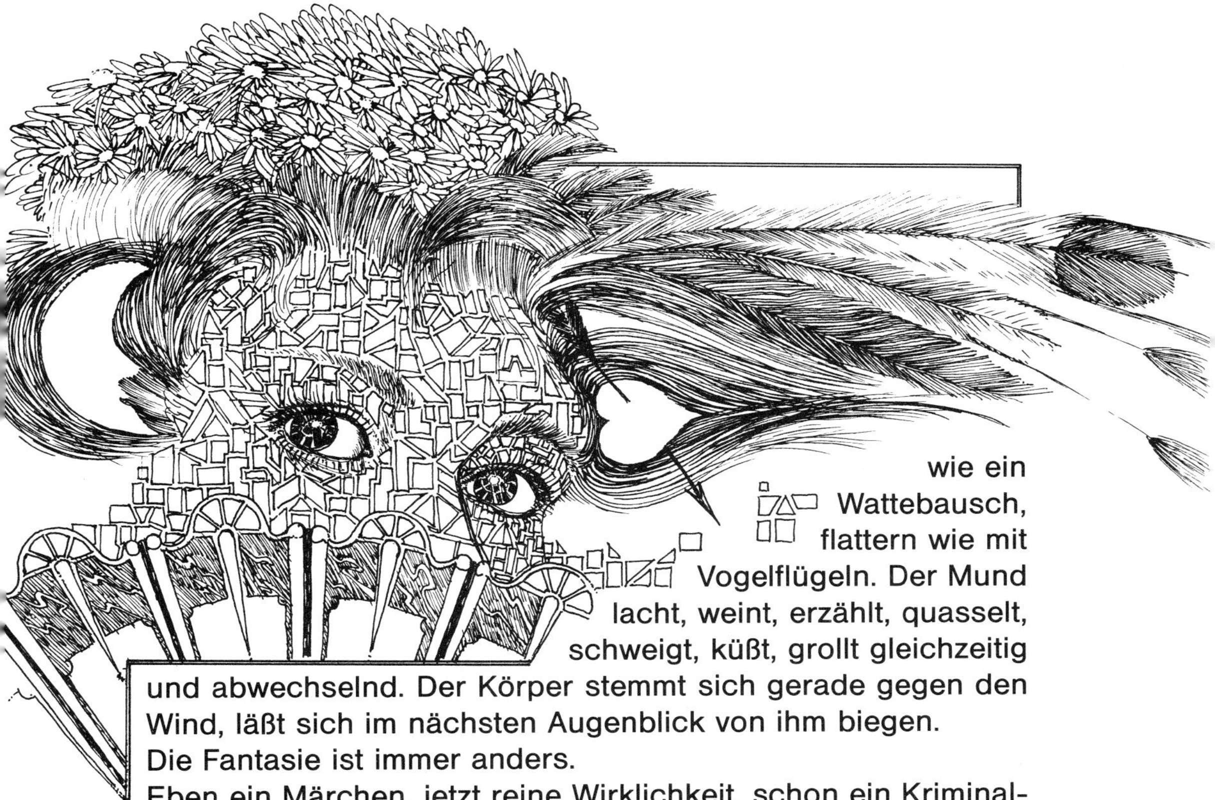

wie ein Wattebausch, flattern wie mit Vogelflügeln. Der Mund lacht, weint, erzählt, quasselt, schweigt, küßt, grollt gleichzeitig und abwechselnd. Der Körper stemmt sich gerade gegen den Wind, läßt sich im nächsten Augenblick von ihm biegen.
Die Fantasie ist immer anders.
Eben ein Märchen, jetzt reine Wirklichkeit, schon ein Kriminalroman. Man kriegt nie genug von ihr.
Sie langweilt nicht.
Aber sie ist flatterhaft, noch honiglieb süß, bald hexenhaft grausam, noch zärtlich gehorchend, schon boshaft befehlend – wie ihre ungebändigten Hände.
Ja, diese Hände, die sprechen für Fantasie, verraten alles. Sie flattern und schweben und gleiten und greifen und formen und hacken, zerstören und kratzen, sind Fäuste, sind Blätter aus weißem Papier, dann Krallen, dann Fallen, schon streichelig warm, schon brennend heiß, schon sengend, jetzt fangend, nun haltend, doch dann sanft ein Federchen fliegen lassend . . .
Und dieses wunderbare Wesen dürfen Katja und Alexander fantaduzen!
Doch sie allein, denkt Katja, diese Prinzessin Fantadu ohne den

sie schwer machenden Sinn, ohne den sie lustig machenden Blödel, ohne die sie bändigende Vasylin, sie wäre fürchterlich, würde alle verschleppen und verführen, einmal über die Wolken schmeißen, dann in einer finsteren Höhle anketten. Ihre ganze Umwelt würde sie in Wechselbäder stippen: lau – warm – kalt – heiß – eisig – brühend . . .

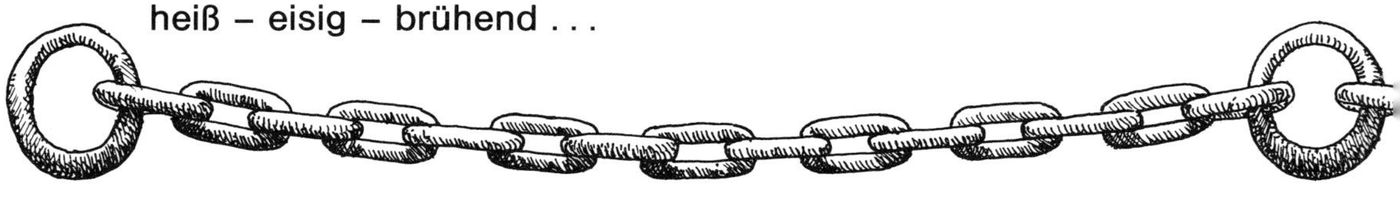

„Bald kommt das geflügelte Wort", mahnt Sinn. „Du hast eine Idee, wie ich vom Felsen Un loskomme, Alexander? Du weißt, die Ketten sind fest."
„Aber der Felsen ist spitz", erklärt Alexander. „Er wird gleichmäßig spitzer nach oben hin. Wenn du, lieber König, nur einen Meter höher kämst, dann würden die Fesseln nicht mehr eng um dich und den Felsen schließen. Sie wären locker, und du könntest sie abstreifen."
„Hoch hinaus muß unser König", quiekt Blödel.
„In der Höhe wohnt die Freiheit", spricht der Schreibstift. Dann schreit er „au!", denn der Pegasus ist ihm auf den Fuß getreten, bleckt die Zähne.
„Mit Verlaub, das ist Quatsch", sagt die Spinne. „Zwar hast du recht. Wäre der König höher, würden die Fesseln fallen. Aber er ist nicht höher."
„Fliegen soll er wie ein Drache", sagt Fantasie.
„Eigentlich sind Fesseln schön", flüstert Vasylin. „Sie halten den Sinn in einer hübschen Position, und sie glänzen im Sonnenlicht."
„Tschschschsch!" faucht das Teekesselchen.
„Wie kriegen wir ihn höher?" fragt Katja Alex.
„Ihr quatscht und quatscht und quatscht", brummt Alex

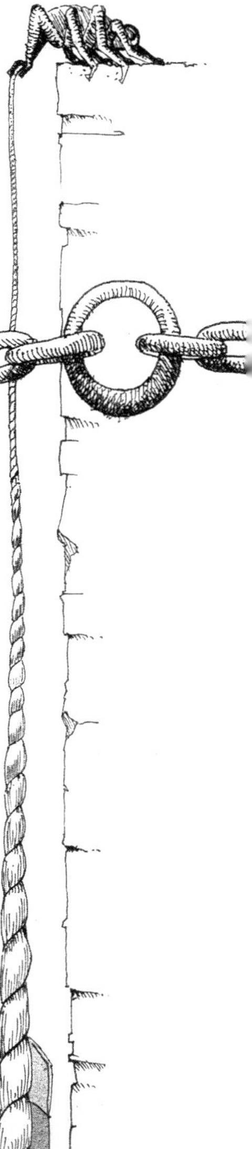

unhöflich. „Einmal muß man auch handeln, etwas tun. Worte allein machen keinen fett. Hier liegen genug große Steine und Felsbrocken herum. Die sammeln wir, legen sie dem Sinn um die Füße, stapeln immer mehr aufeinander, und der König steigt Stufe um Stufe höher, bis die Fesseln locker genug sind.“

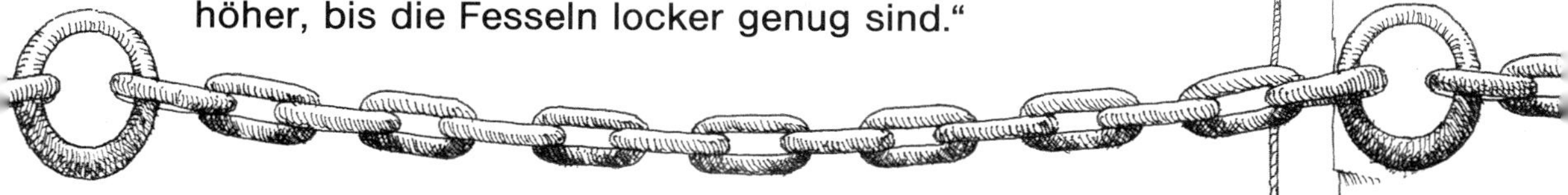

„Super!“ bewundert der gute Sprachschnitzer den Alexander. Und auch König Sinn nickt anerkennend. Eifrig wird Gestein und Felsgebrock dem Sinn zu Füßen gelegt, zuerst zu hastig, so daß das Gestapel zusammenbricht, dann überlegter. Das Teekesselchen füllt sich mit kleinen Steinen, die es dann geschickt zum Abstützen zwischen den großen verteilt. Pegasus macht sich sehr nützlich, indem er die dicksten Dinger bringt. Die Spinne webt derweil ein starkes Tau, denn

Sinn ist so eng an den Felsen Un geschnürt, daß der erste Schritt ihm schwer werden wird.
Aber das Tau wird ihm unter den Armen durchgefädelt, wird auch um den Bauch von Pegasus gelegt, Pegasus steigt auf, Alex und Katja schieben – so geht es aufwärts mit Sinn.

Die nächste Stufe wird gebaut, die König Sinn ohne Hilfe ersteigen kann. Dann die dritte, vierte, fünfte. Und auf die sechste stellt sich das Teekesselchen, der König tritt auf seinen Deckel. Mit Hilfe der Freunde kann er die Ketten abstreifen.

Hurra!
Und höchste Zeit war 's für diesen Höhepunkt von Sinn.

Bereits während des Bauens waren die schrecklichen Schreie lauter geworden, näher gekommen, hatten grausiger in den Ohren geklungen. Immer deutlicher waren schlimme Sätze wie diese zu erkennen:
„Viele Köche im Brei sind besser als gar kein Fleisch!“
„Morgenstund hat Colt im Bund!“
„Besser den Spatz in der Hand als ein Huhn im Stall!“
Jetzt verdunkelt sich der Himmel. Das geflügelte Wort ist da. Blutrot und gefräßig grellt sein Schnabel. Schmutzig und scharf sind seine Krallen. „Keine Angst“, beruhigt Sinn die Kinder. „Das geflügelte Wort ist ein feiger Aßfresser. An mich wagte es sich nur, solange ich wehrlos war.“

Tatsächlich. Kaum sieht das geflügelte Wort mit seinen dummen Schieleaugen die freien Menschenkinder und Sprachgeister, da will es fliehen. Aber unser Sprachschnitzer hatte sich vorbereitet. Er sticht blitzschnell mit einem Messer zu, schneidet dem geflügelten Wort das „fl“ heraus, drückt ihm ein „b“ ein. Da stürzt es ab, liegt platt und gebügelt herum und wimmert: „Was man schwarz auf weiß besitzt, kann man zum Po-Putzen benutzen.“ Dann ist es aus mit ihm.

Sein Tod aber scheint die Natur im Sprachland wild zu machen. Wortwinde wehen, schieben Wortwolken am Himmel zusammen. Die Sonne wird zugeschmiert.
Fantasie aber schickt aus großen Augen einen Blitz von unten nach oben, einen Blick mit Hoffnung, und der Blick reißt die Wolken weg, putzt die Sonne sauber.
„Wieso scheint überhaupt die Sonne?“ will Alexander nach einem grübelnden Guck auf seine Armbanduhr wissen.
„Andere Länder, andere Sitten“, sagt Katja.
Da lächelt Sinn, spricht: „Katja, das geflügelte Wort ist tot. Schnelle Sprüche sind oft falsche Sprüche. Die Sonne scheint, weil wir hoch im Norden sind. Es ist die Mitternachtssonne.“

„Es gibt viel zu tun, packen wir uns!“ ruft der Schreibstift, klopft einladend auf den Rücken von Pegasus.
„Selber tun macht fett“, stöhnt Blödel, während er als erster den Schimmel besteigt.
„Soll ich dem Pegasus Zügel weben?“ fragt die Spinne.
„Wer Flügel hat, braucht keine Zügel“, sagt der gute Sprachschnitzer.
„Ich hab aber Angst vor ungezügelten Pferden“, greint Vasylin.
„Schließe die Augen, grabe dein Gesicht in mein Haar, es wird nach Kräutern duften, damit du meinst, du fliegst nicht auf einem

9 9231-12

Pferd, sondern du liegst auf einer Waldwiese", beruhigt Fantasie ihre schöne Schwester.
„Steigt auf", befiehlt der Sinn.

Pegasus hat abgehoben, ist aufgestiegen, fliegt schnell wie ein plötzlicher Einfall. Dennoch erkennen die Reisenden aus der Vogelschau den Fluß Erzähl. „Warum ist das Wasser so dick und grau? Warum hat es so farbige Schlieren?" fragt Sinn entsetzt. „Mein Bruder hat Wortfärbereien an den Ufern des Erzähls bauen lassen", berichtet unser Professor. „Die Wortfärbereien leiten ihre Abwässer in den Fluß. Da lebt kein schnelles Gedankenfischchen mehr . . ."

„Wortfärbereien?" unterbricht ihn Alexander. „Was ist das?"
„Es gibt Gruppen, die brauchen Worte nur noch, wenn sie eingefärbt sind. Aus der Wortfärberei wird beispielsweise ein Wort wie Frieden in Rot, Grün, Blau, Schwarz, Gelb und Braun geliefert. Manche Wörter werden nur in einer oder zwei Farben geliefert,

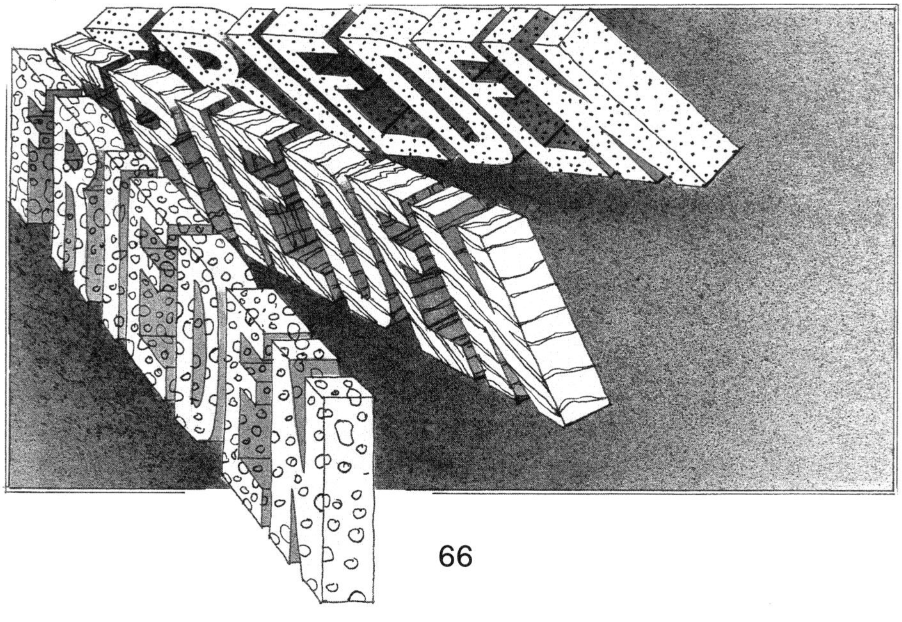

die können dann von Gruppen, die nur eine andere Farbe anerkennen, nicht mehr gebraucht werden", erklärt der Sprachschnitzer.
„Schrecklich", seufzt Sinn.
„Ja, lieber König Sinn, du hast uns sehr gefehlt", flüstert Fantasie, und dabei schwebt ein Rosenblatt aus ihrem Mund, tanzt ein wenig um Sinn, ehe es sich auf seine Brust legt, links, wo das Herz ist.
Sprachschnitzer erzählt leise weiter: „Nicht nur künstlich gefärbt werden die Wörter. Einige werden vor dem Färben gewaltig aufgeblasen, sind dann hohle Comic-Blasen, die schnell zerplatzen. Oft ist in ihnen stinkendes Gas, damit sie schweben können. Da ist es dann schlimm, wenn sie kaputtgehen.
Andere Wörter werden vor dem Färben gefeilt. So kann man also nie wissen, wie gewichtig ein Wort tatsächlich ist, wenn man ihm begegnet. Deshalb gibt es Wortwieger. Die legen jedes Wort auf die Goldwaage, aber ihre Waagen sind nicht geeicht. Sie stimmen nicht, zeigen mal zuviel und mal zuwenig an."
„Protestiert da niemand?" verlangt Sinn Auskunft.

Der Schreibstift antwortet stockend: „Doch, es gab und gibt Widerstand. Vor allem bei uns im Dichtelgebirge haben viele sich gewehrt. Da hat der schlimme Sprachschnitzer, der Bruder von unserem, ihnen Strafarbeit gegeben. Nun sitzen beispielsweise in Lug im Keller des Regierungssitzes einige ehemalige Dichter, die müssen am Fließband undichte Sätze abdichten, damit da keine Wahrheit durchtropfen kann."
„Schaut mal, da unten schwimmt eine Sprachhülse", ruft die Spinne. „Die Leute werfen alles einfach in den Fluß."
„Mich dünkt, sie kommt sehr schnell voran", bemerkt Sinn.
Sprachschnitzer und Blödel stöhnen. Dann erklärt Sprachschnitzer: „Mein Bruder hat den Erzähl begradigen lassen. Jetzt fließt das Wasser schneller, und es reißt alle blühenden Pflanzen am Ufer ab."
Sinn schaut Blödel streng an. „Konntest du denn nichts gegen diese Schandtaten machen?"
„Hach!" Blödel weint fast. „Ich könnte mir aus Verzweiflung, Verdreiflung, ach, Verachtelung die Zehennägel abknabbern, alle elf und mehr. Der Sprachschnitzer hat gedroht, aus mir einen Knödel zu machen und mich zu fressen, wenn ich mich nicht füge."
„Ich habe meinem Bruder früher einmal die Geschichte vom gestiefelten Kater erzählt", bemerkt unser Sprachschnitzer.

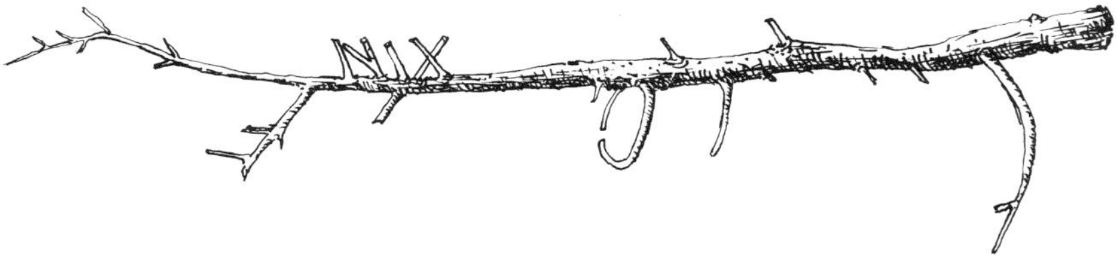

Pegasus überfliegt den Buchstabenwald.
„Wie sieht denn unser Buchstabenwald aus?" brüllt Sinn wütend. „Der ist ja fast kahl! Da wachsen ja kaum Buchstaben!"
„So ist es", bestätigt Sprachschnitzer. „Man nimmt an, daß die

vielen sauren Reden meines Bruders und seiner Kameraden ihn krank machen."
„Das will und muß ich mir ansehen", fordert Sinn. Vorsichtig landet Pegasus.
„Wo bin ich?" fragt Vasylin, die Augen öffnend. „Ich lag auf einer blühenden Waldwiese, und jetzt stehe ich in einem trockenen Wald."
„Du bist im Reich des Königs Sinn!" tönt da laut und wohlklingend eine Stimme. „Und wer da etwas anderes meint, der möge sich melden, um mit mir oder einem meiner Männer zu kämpfen."
„Wer bist du?" ruft Sinn.
Da tritt aus einem Gebüsch ein Mann mit braunem Wams und brauner Kapuze. „Mein Name ist Robin Trockenhaube", gibt er stolz Auskunft.
Katja schaltet sich ein. „Wieso Trockenhaube? Ich vermute, du bist Robin Hood?"
„Robin Hood, Robin Hut, Robin Kapuze – ja, so nannte ich mich früher", antwortet der Mann. „Damals war mein Gewand noch grün, auch meine Kopfbedeckung. Ich und meine Männer, wir trugen Grün, um uns im fruchtbaren Wald verbergen zu können. Jetzt aber ist der Wald braun und trocken. Wir mußten diese Kleider anziehen, die ihr hier seht. Seitdem nenne ich mich Robin Trockenhaube.
Wir sind in den Wald gegangen, um die neuen Machthaber zu bekämpfen, um wenigstens etwas zu erhalten für den Tag, an dem der Sinn zurückkommt. Wir überfallen Reisende, nehmen ihnen alle Worte ab, die sie nur gesammelt haben, um das Volk damit noch mehr unterdrücken zu können, lassen sie dann sprachlos weiterziehen. Von unserem Wortschatz geben wir ringsum den Bauern ab, die von ihren wortkargen Feldern kaum noch einen zusammenhängenden Satz ernten können."
„Wer sind deine Männer?" wünscht Sinn zu wissen. Da gibt

KAPUTT

Robin Trockenhaube mit der rechten Hand ein Zeichen. Ganz hell wird es im Wald, denn plötzlich steht hinter jedem Strauch, hinter jedem Baum, so weit unsere Freunde gucken können, ein Mann in braunem Gewand, und jeder der Männer hält eine Lampe, die er gerade angeknipst hat, in der linken Hand.
„Das sind meine Einleuchter", erklärt stolz Robin Trockenhaube. „Wir bringen Licht ins Dunkel. Nun habe ich euch redlich Antwort gegeben, jetzt frage ich: Wer seid ihr?"
„Ich bin König Sinn", lächelt dieser. Da verbeugen sich Robin und seine Männer tief, und Robin spricht: „Wir sind glücklich, lieber König. Wir waren dir treu. Deshalb trage ich dir eine Bitte vor: Versöhne dich mit Blödel. Wir brauchen euch beide. Streitet nicht um Vasylin, sie hat eine ebenfalls wunderschöne Schwester. Heiratet die Schwestern, und regiert zu viert."
Da applaudieren die Einleuchter, und alle fallen in den Applaus ein, die meisten klatschend, das Teekesselchen klappernd, Pegasus wiehernd, die Spinne, indem sie an einem Faden einen Tannenzapfen um ihren Kopf schnurren läßt.

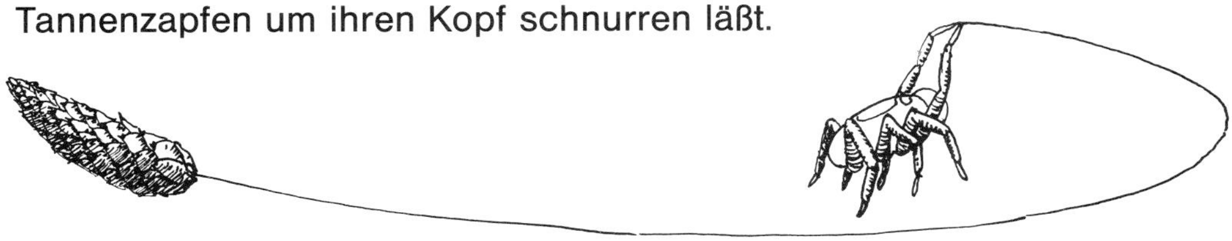

„Was für ein voller Lärm in diesem mageren Wald! Da stürzen sich ja die letzten madigen ‚0' von den schlappen Bäumen!" keift eine heisere Stimme. Alle schauen erstaunt nach der Quelle der Töne, sehen in hungrige Augen über einem vorstehenden Knabberzahn an einem dürren Körperlein mit buschigem, wuschigem Schweif.
„Ein Buchstabenhörnchen!" freut sich Robin. „Ich habe gar nicht gewußt, daß es in diesem Wald noch eins gibt."
„Mich gibt 's, wie du siehst", krächzt das rotbraune Tierchen.

„Allerdings wird es auch mich nicht mehr lange geben. Ich sammle mühsam täglich eine kärgliche Portion harter „K“ und trockener „T“, kann kaum für den Winter sparen von dem erbärmlichen Zeug. Wozu aber sollte ich sparen, he? Wozu, frag ich! Das Traurigste nämlich ist die Einsamkeit. Kein Tier ist mehr hier für ein flottes Tänzchen. Sind alle gefangen, vergiftet oder ausgewandert. Dieses Leben lohnt nicht mehr. Es fehlt ihm jeder Sinn.“

„Armes Hörnchen“, bedauert Katja das traurige Nagerlein. „Wir werden dafür sorgen, daß es wieder schön wird im Wald. Siehst du diesen schlanken Mann links neben mir? Das ist König Sinn.“
„Sinn ist gut“, fiept das Tier. „Aber Spaß muß auch sein. Nur Sinn ist mir zu ernst. Blödsinn soll auch sein.“
„Dafür sorge ich“, mischt sich Blödel ein.
„Kannst du mir auch meine schönen, bunten Träume wiedergeben?“
„Nein“, gesteht der Blödel. „Aber unsere Freundin Fantasie kann das.“
„Und dann geht alles durcheinander, wie in meinen hungrigen Fiebergespinsten.“
„Meine Schwester Vasylin wird schon dafür sorgen, daß Träume, Spaß und Sinn ordentlich daherkommen“, sagt Fantasie lächelnd.
„Hört sich ja schon ganz gut an. Ist aber nichts mehr für mich. Ich

würde das nur mögen, wenn ich Freundinnen und Freunde hätte, Kinder und Enkelkinder, Verwandte und Bekannte, mit denen ich das alles teilen kann, denen ich davon mitteilen kann."
„Wir werden die gefangenen Tiere freilassen, die ausgewanderten zurückholen, mein liebes Buchstabenhörnchen", verspricht Sinn.
„Ist das wahr?"
Alle nicken bejahend, nur die Spinne wiegt den ganzen Leib zwischen Vorder- und Hinterbeinen, und das Teekesselchen wackelt mit dem Ausgießer, was aber auch „ja" bedeutet.
„Hurra! Ist ja total affenstark!" jubelt das Hörnchen. „Ich helfe euch mit allen meinen Nagekräften."

Robin Trockenhaube hat alle in das Räuberlager eingeladen. Es gibt Suppe mit Buchstabennudeln und zum Nachtisch Pudding mit Russisch Brot. Katja ist glücklich. Das sind doch schon ziemlich viele Wesen, die mithelfen wollen, die bösen Sprachgeister zu besiegen. Sie schaut sich um.
An Sinn und Blödel bleibt ihr Blick haften. Die beiden stehen nebeneinander, haben bereits gegessen, unterhalten sich. Sie sehen lustig aus nebeneinander, der schlanke Sinn, der pummelige Blödel, klug der eine, fröhlich der andere.
Katja merkt, daß auch Alex das Paar beschaut. Sie stupst ihn, flüstert ihm ins Ohr: „Was wäre Dick ohne Doof? Don Quichotte ohne Sancho Pansa? Sinn ohne Blödel?"
„Das wäre wie Suppe ohne Salz, Berg ohne Tal, Baden ohne Wasser, Tanzen ohne Musik", wispert Alex zurück.

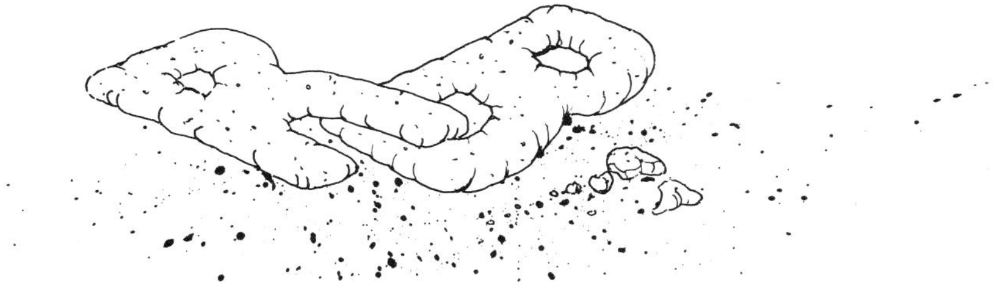

„O wie schön“, juchzt Vasylin vom Rand des Lagers, denn dahin ist sie nach dem Mahl spaziert. Katja, Alex, Sinn, Blödel, das Buchstabenhörnchen, das Teekesselchen und Robin Trockenhaube schlendern zu ihr. Vasylin hat schwarzweiße Blumen unter einem Baum entdeckt, die wie ein Schachbrett aussehen. Blödel beugt sich über die Blumen, fährt angeekelt auf. „Puh, die stinken!“ Dann beginnt er sich zu kratzen, erst am Hals, dann am Bauch, dann in der Kniekehle, und man kann sehen, daß da überall Pusteln entstehen.
„Wieder einer, der eine Allergie dagegen hat“, sagt Robin.
„Essen kann man die nicht“, schimpft das Hörnchen.
„Vielleicht ist ’s gut für irgendeinen Gesundheitstee“, vermutet das Teekesselchen.
„Es ist ein Unkraut“, erklärt Robin. „Das einzige Gewächs, das sich im Wald ausbreitet, seit Sprachschnitzer Gift gegen Unkraut und Ungeziefer sprühen ließ. Die Pflanze heißt Basic und wuchert wie verrückt.“
Fantasie kommt. „Das ist aber eine langweilige Pflanze“, sagt sie.
Robin löst seine Machete vom Gürtel. „Der Samen ist von den Inseln der Sprachlosigkeit zu uns geweht“, erläutert er. „Bislang haben wir die Blumen ausgerottet, wo wir sie trafen. Ich werde das auch mit diesen tun.“
„Sie sind nur so häßlich, weil sie so ordentlich allein stehen“, sagt Alex.
„Meinst du?“ fragt Sinn.
Alex antwortet: „Ich bin sicher. „Stell dir einmal vor, wie das aussieht, wenn zwischen diesen ordentlichen Schachbrettblumen bunt und wild andere Blumen wachsen.“
„Alex hat recht“, sagen Fantasie und Sinn wie aus einem Mund, dann lächeln sie sich an und schauen sich in die Augen.
„Ich werde dafür sorgen, daß hier wieder Tausende unterschiedlicher Blumen blühen“, verspricht Fantasie.

Sinn greift in die Tasche. „Zufällig habe ich hier ein Tütchen mit Behut-Samen. Soll ich das vorerst ausstreuen?"
Fantasie nickt.

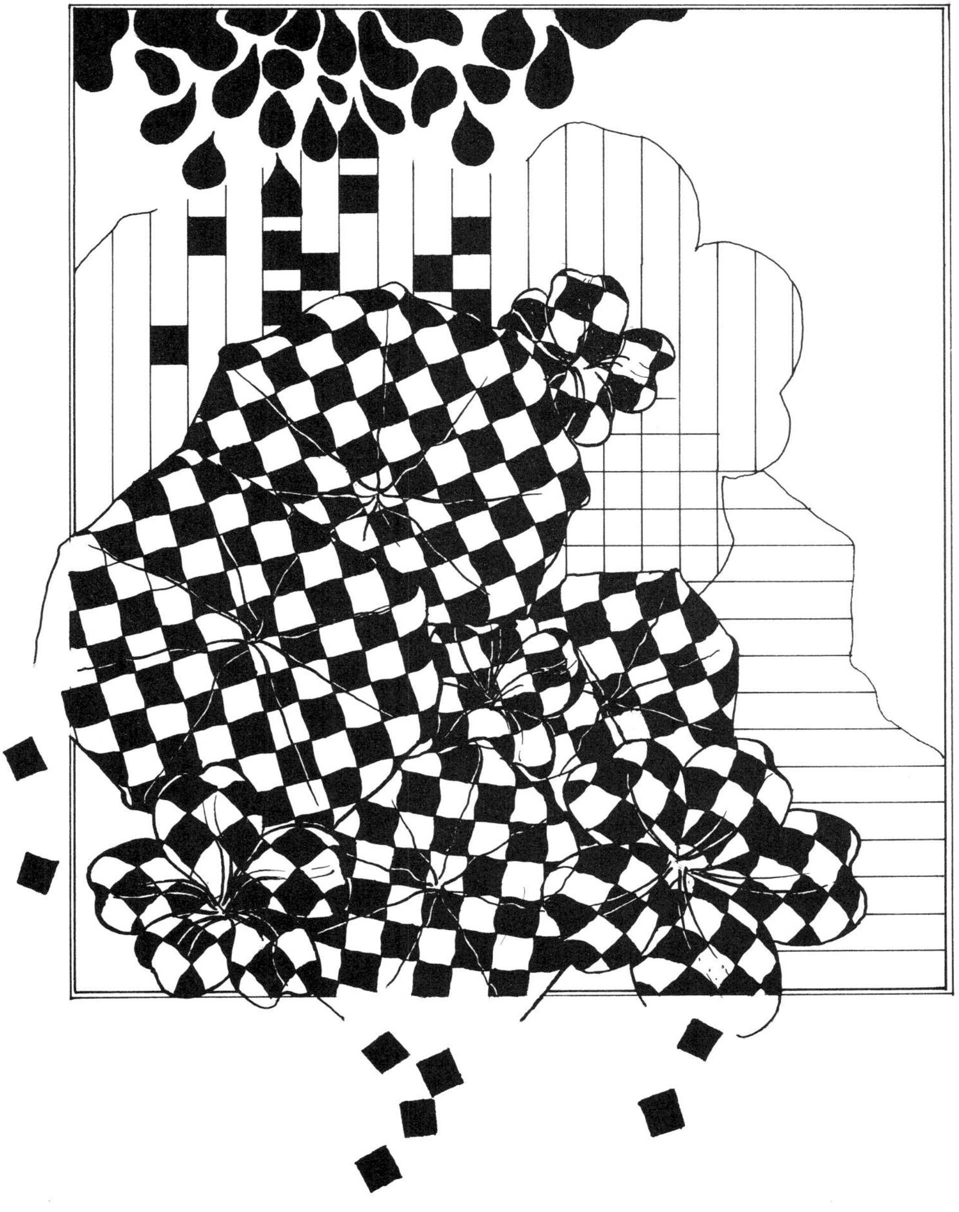

„Jetzt wird es aber Zeit, daß wir uns gemeinsam überlegen, wie wir den schlimmen Sprachschnitzer absetzen, seine Armee operierter Soldaten besiegen, die Stadtrandbewohner wieder am Reichtum des Sprachlandes teilnehmen lassen, die echten Herzlichen befreien und wie wir erreichen, daß Blödel und Sinn sich nicht noch einmal wegen Vasylin entzweien", mahnt Katja.
„Wegen des Letztgesagten mache ich mir keine Sorge", lächelt Fantasie, streichelt Sinn übers Haar. Und da glauben alle, daß der bleiche Sinn plötzlich einen goldenen Schimmer auf der Haut hat, und alle sehen, daß der ernste Sinn zurücklächelt, und alle hören ihn sagen: „Ich hatte Zeit, als ich an den Felsen Un geschmiedet war, über mich und mein Handeln nachzudenken."

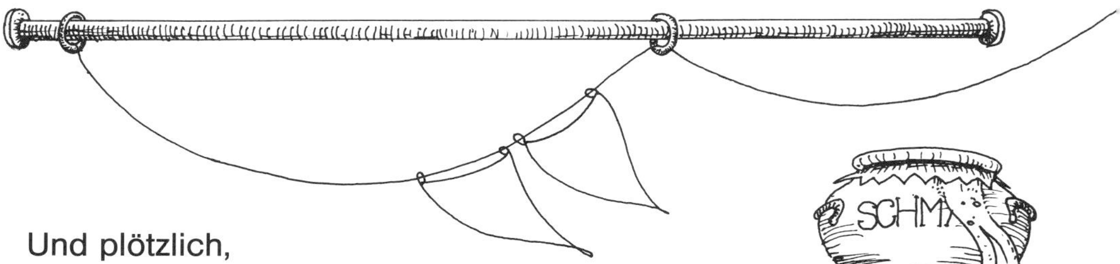

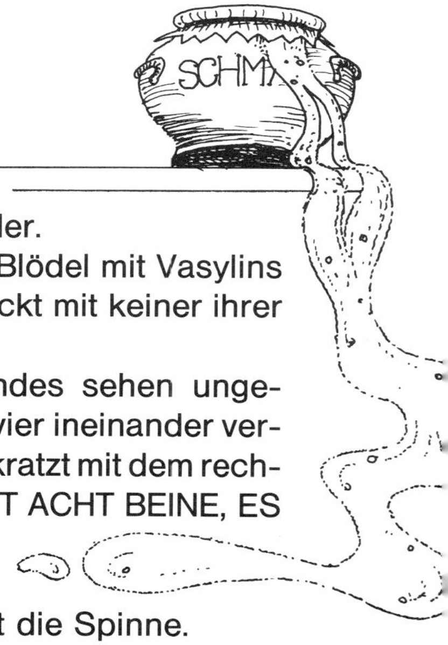

Und plötzlich,
niemand weiß, welche Hand
sich zuerst bewegt hat, liegen Fantasies
linke Hand und Sinns rechte Hand ineinander.
Und als Katja sich umschaut, sieht sie, daß Blödel mit Vasylins feingliedrigen Fingern spielt, und Vasylin zuckt mit keiner ihrer langen Wimpern.
Die anwesenden Bewohner des Sprachlandes sehen ungewöhnlich zufrieden aus, die Spinne sondert vier ineinander verwobene rote Herzen ab, und der Schreibstift kratzt mit dem rechten Fuß in den Waldboden „DAS GLÜCK HAT ACHT BEINE, ES KOMMT NICHT ALLEINE".
„Doppeldeutig", zischt das Teekesselchen.
„Ich weiß, daß er mich nicht meint", murmelt die Spinne.

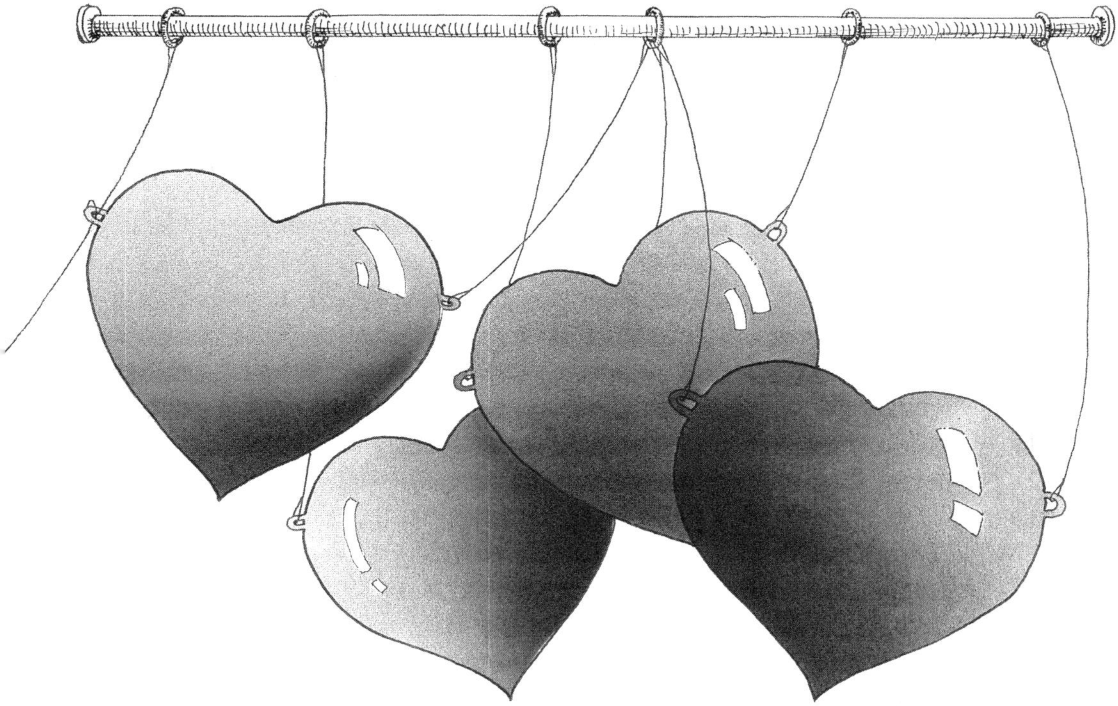

„Tja“, sagt Katja. „Mit solchen Liebesszenen hören manche Geschichten und noch mehr Filme auf. Aber unsere Geschichte kann so nicht aufhören. Es ist noch eine Menge zu erledigen, und Alexander und ich können nicht mehr lange bleiben. Allerdings“, sie schaut sich um, „wenn ich euch tolltüchtige Sprachwesen so sehe, dann bin ich sicher, daß ihr auch ohne uns fertig werdet.“
„Nein“, sagt da ruhig, klar und bestimmt König Sinn. „Nein, ohne euch wird uns kein Sieg gelingen.“
Da ist Katja sehr erstaunt. „Also, erhabener König Sinn“, sagt sie, „ihr könnt so viel, ihr seid so klug, kennt euch hier aus. Wir dagegen sind Menschenkinder, stammen aus einer anderen Welt.“
„Wie ist denn eure Welt?“
„Nun, sie ist voller Menschen, hat Berge und Häuser, Städte und

Blumen, Kartoffelsuppe und Himbeerpudding, Schnupfen und Liebe, Radieschen und Wolken, Millionen und Abermillionen Dinge."
„Worte, Katja. Nichts als Worte. Ohne Worte gibt es zwar die Dinge, aber du kannst sie nicht nennen, nicht über sie nachdenken. Ohne Worte mußt du hauen, kratzen und beißen, um jemandem zu zeigen, daß du etwas nicht magst. Ohne Worte können Menschen nicht sinnvoll miteinander leben, sich Gedanken und Träume nicht erzählen, ihren Spaß nicht miteinander teilen."
„Mag sein. Aber ihr habt im Sprachland alle Worte und braucht keine Dinge."
„Kannst du dir eine Sprache vorstellen, die keine Dinge hat, um sie zu beschreiben?"
„Gut. Ihr müßt eine Ahnung von den Dingen haben. Aber Menschen braucht ihr doch nicht."
„Uns gibt es nur durch die Menschen und für die Menschen. Was soll denn eine Sprache, die nicht gesprochen, geschrieben, gelesen, gesungen wird? Die von niemandem weitergegeben wird?"
„Die ist nicht da."
„Richtig. Das ganze Sprachland ist nur für die Menschen und durch die Menschen da. Unsere Unordnung kommt von euch, und sie geht zu euch zurück, wenn ihr sie nicht in Ordnung bringt. Und die Unordnung wird immer größer beim Hinundhergehen über die Grenzen zwischen dem Sprachland und der Menschenwelt. Dann geraten euch auch die Dinge durcheinander, und ihr sagt zu einem Gewehr Blume, zu einer Rakete Weihnachtsbaum, zu einem Menschen Kamel. Später verliert ihr die Sprache ganz, und schließlich reden nur noch die Dinge, grellen ‚Bummbumm' und ‚Pengpeng' und ‚Boing', ‚Scratch', ‚Klimperklimper', und ihr habt nichts mehr zu sagen auf der Welt.

Ohne euch, ohne dich, Katja, ohne dich, Alex, ohne dich, der du das Buch liest, versinkt das Sprachland in den Teil der Welt, wo die Dinosaurier wohnen, und ihr werdet hinterhergesaugt." „Dann aber los. Dann wollen wir dem bösen Sprachschnitzer zeigen, was eine Harke ist. Doch wie, das weiß ich noch immer nicht. Und vor allem müssen wir mit den operierten Soldaten fertig werden." „Ich werde meinen bösen Bruder zum Duell fordern“, sagt entschlossen der gute Sprachschnitzer. „Auf Säbel. Zweimal muß ich treffen. Beim ersten Mal werde ich ihm das ‚Spr‘ weghauen, beim zweitenmal die beiden letzten Silben. Ein kleines ‚ach‘ wird er dann nur noch sein. Ein armes, bedauernswertes, kleines ‚ach‘, ach ja.“ Und er preßt die Lippen aufeinander, daß sein Gesicht ganz schmal wirkt, dabei rollt langsam über jede seiner Wangen eine durchsichtige Träne.

„Kannst du deinen eigenen Bruder mit dem Säbel besiegen?“ fragt leise Fantasie.
„Ich bin ein sehr guter Säbelfechter“, antwortet er, bewegt kaum die Lippen. „Und dein Bruder?“ bohrt Sinn.
„Mein Bruder ist natürlich genauso gut wie ich, er ist ja mein Zwillingsbruder. Wir haben doch immer zusammen geübt, früher, als wir gemeinsam studiert haben.“ Unser Professor schweigt einen

Augenblick, schaut so, als sähe er über eine lange Zeit hinweg auf einen schönen Punkt in seinem Leben. Dann rafft er sich, strafft er sich. „Damals hat manchmal er gesiegt, manchmal habe ich gesiegt."
„Und wer von euch ist jetzt mit Siegen an der Reihe?" will Blödel wissen.
„Das kann man nicht vorher wissen. Aber mag es auch gefährlich sein. Unsere Sache ist gut. Ich bin mutig." Dabei reckt sich unser Sprachschnitzer; man hätte denken können, er sei um einen Meter gewachsen.
„Der Ausgang des Kampfes ist also offen", stellt Alexander fest. „Wenn du verlierst, stehen wir ohne dich da, und deinem Bruder werden die bösen Sprachmächte zujubeln."
„So ein Kampf ist schön. Säbel und Augen werden blitzen. Wie beim Tanz werden die beiden sich bewegen." Vasylin ist ganz begeistert.
„Schönheit, die gefährlich ist, hat keinen Wert. Mut, der zum Untergang führt, ist eine schlechte Eigenschaft. Wer einen Tiger küßt, nur weil der Tiger schön und das Tigerküssen mutig ist, der ist dumm. Auch hat dein Bruder einen großen Vorteil dir gegenüber: er ist böse. Das Böse ist rücksichtslos und gemein, stellt Fallen, nutzt Schwächen." Sinns Gesicht ist ganz ernst.
„Ich muß es versuchen. Mein Bruder hat doch alles angezettelt. Ich bin verpflichtet, es wiedergutzumachen. Ach, mein armes Brüderchen ‚ach', ach." Sprachschnitzer weint.
„Es war nicht dein Bruder allein, der das Schlimme angerichtet hat. Es ist nie einer allein, der viele ins Verderben führt. Und Pflicht, mein guter Freund, gehört dir nicht allein. Pflicht ist etwas, was man gemeinsam hat. Wir müssen uns etwas anderes einfallen lassen als ein dusseliges Duell." So schließt Sinn diesen Teil des Gesprächs ruhig und bestimmt ab.
Ja, denkt Katja, Sinn ist der König.

11 9231-12

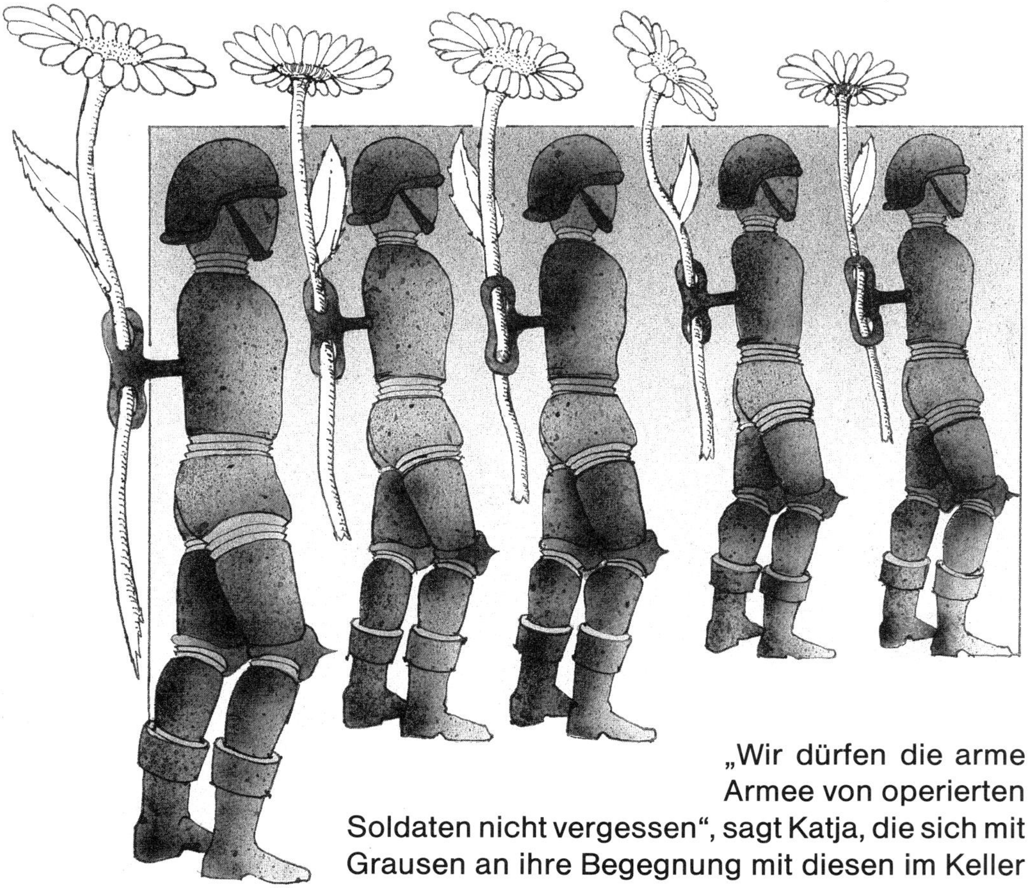

„Wir dürfen die arme Armee von operierten Soldaten nicht vergessen“, sagt Katja, die sich mit Grausen an ihre Begegnung mit diesen im Keller des Hauses der Begrüßung erinnert.

„Ha!“ brüllt Robin Trockenhaube. „Ich und meine Einleuchter werden denen heimleuchten!“
„Man könnte auch die Stadtrandbewohner davon überzeugen, daß sie mit euch gegen die Armee antreten“, schlägt die Spinne vor.
„Die echten Herzlichen könnten ebenfalls eine Verstärkung sein“, fällt Katja ein.
„Ich würde vorschlagen, zuerst gegen den rechten Flügel zu stürmen, der Armee das letzte ‚e‘ zu zerschlagen.“ Sprach-

schnitzer fühlt sich wie ein General, aber eigentlich ist er lieber Professor.
„Die einen besitzen nichts als die andern“, mischt sich das Teekesselchen ein.
„Nur seine Arme hat der Arme“, flüstert der Schreibstift.
„Ach was“, blökt Blödel. „Er hat auch Beine. Hand und Fuß und Herz und Hirn hat er!“ Vasylin guckt ihn verliebt an.
„Jedenfalls“, denkt Katja laut und langsam, und zu ihren Worten nickt Sinn freundlich, „jedenfalls hat man, wenn man der Armee das letzte ‚e‘ nimmt, Arme, und die müssen sich mit den Stadtrandbewohnern von Lug gut vertragen. Gemeinsam werden sie das ‚K‘ wieder vor den Namen ihrer Hauptstadt bringen.“
„Trotz alledem“, bemerkt Alexander, und auch ihm nickt Sinn bestätigend zu, „trotz alledem wird es den bösen Sprachschnitzer noch geben, und ihr werdet ständig fürchten müssen, daß er wieder seine Machenschaften treibt.“
Alle glotzen trübe grübelnd in die Buchstabenwaldlandschaft.
„Mach nicht so ein langes Gesicht“, brummt der Schreibstift seinem Schimmel zu.
„Mach lieber ein kurzes Gesicht“, fügt Blödel an.
„Ihr müßt einen Plan machen, ich schreibe ihn dann ordentlich auf“, zwitschert Vasylin.
„Meine Schwester hat eine Handschrift, die ist so schön und ordentlich wie ein festlich gedeckter Hochzeitstisch“, sagt Fantasie.
„Leicht gesagt, daß wir einen Plan machen müssen. Zuerst muß uns etwas einfallen“, brummelt Katja.
„Erst muß man spinnen, dann kann man weben“, meint die Spinne.
„Komisch ist das schon“, brabbelt der Blödel. „Ein Plan soll einem einfallen, ein Haus aber nicht.“
Langes Schweigen.

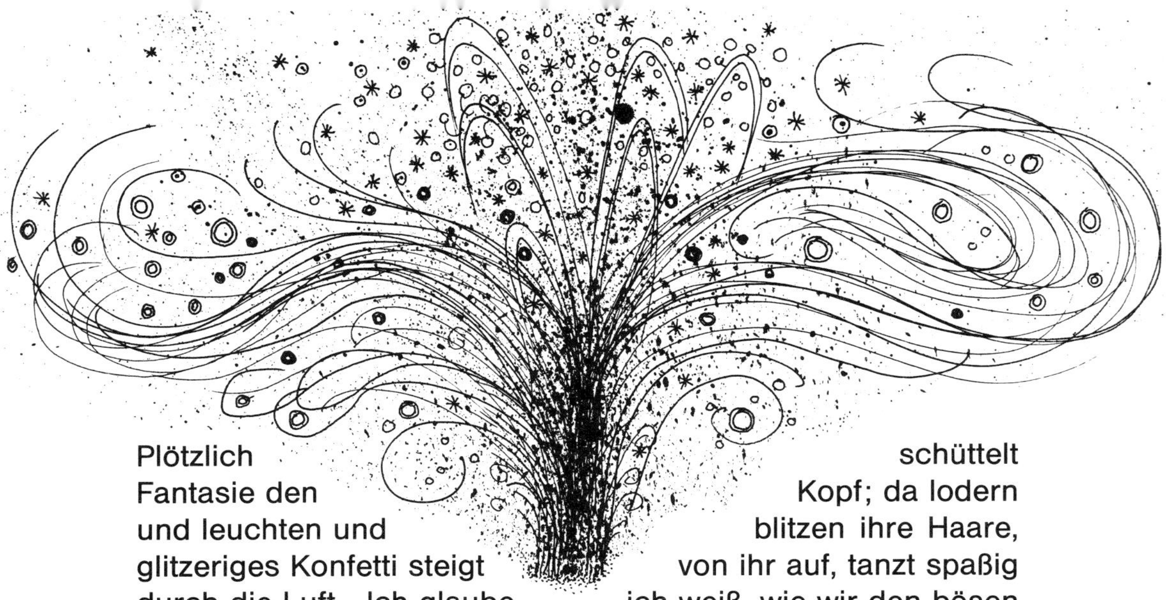

Plötzlich schüttelt Fantasie den Kopf; da lodern und leuchten und blitzen ihre Haare, glitzeriges Konfetti steigt von ihr auf, tanzt spaßig durch die Luft. „Ich glaube, ich weiß, wie wir den bösen Sprachschnitzer überlisten können", ruft sie. Zum guten Sprachschnitzer wendet sie sich: „Ist dein Bruder eitel?"
„O ja! Und wie! Er ist noch eitler als ich. Ich glaube, das ist der Unterschied zwischen ihm und mir."
„Wir werden", singt Fantasie, „deinem Bruder Orden verleihen für besondere Verdienste. Wir werden ihm viele Zentner Orden umhängen.Wir werden ihn mit Orden zudecken. Wir werden ihn so schwer mit Orden ehren, daß er sich darunter nicht mehr bewegen kann, und er wird glücklich lächelnd daliegen und ungefährlich sein."
„Toll!" freuen sich Katja und Alexander.
„Die Ordensbändchen webe ich", begeistert sich die kunstvolle Spinnerin. „Ich webe sie mit Katzengold und Mäusesilber."
„Runde, dreieckige, viereckige, sechseckige, halbmondförmige, sonnenstrahlende Orden!" jubelt Vasylin.
„Wo nehmt ihr die Orden her?" fragt Alexander mit seinem nüchternen Menschenverstand.
Da mischt sich Robin Trockenhaube ein. „Wir haben viele Zentner falsch gemünzter Worte. Die haben wir den Reisenden abgenommen. Sie liegen in unserer großen Räuberhöhle."
„Hurra! Ich kann helfen!" kreischt das Buchstabenhörnchen.

„Ich nage Löcher für die Ordensbändchen in die falsch gemünzten Worte.“
Alle springen auf, tanzen, scheppern, pfeifen, wiehern, singen, quietschen, hüpfen, hopsen, jodeln vor Vergnügen wie eine Herde fröhlicher Affen.

Einer der Einleuchter, der sich wie ein irrer Kreisel gedreht hat, bleibt plötzlich starr stehen, schreit: „Halt! Hört einmal alle her!“
Im Nu sieht es im Räuberlager so aus, als hätten alle miteinander Figurenwerfen gespielt. Der nicht mehr kreiselnde Einleuchter sagt: „Auch wenn der böse Sprachschnitzer keine Armee mehr hat, wird er nicht machtlos sein. Er hat in Lug viele Freunde. Alle, die durch ihn zu Macht und Geld gekommen sind, wollen, daß er Herrscher bleibt. Ist doch klar. Und wenn die merken, daß wir ihn mit Orden so sehr zudecken, daß er ohnmächtig wird, werden sie ihm beistehen, ihn warnen. Habt ihr das bedacht?“
„Wir müssen die Höflinge und Nutznießer ablenken“, überlegt Alexander.
„Eine Veranstaltung müßte man ihnen bieten, die sie gefangennimmt“, denkt Sinn laut.

„Während sie staunend einer Darbietung zusehen, spinne ich sie ein“, bietet die kunstvolle Spinnerin an.
„Ich erzähle Witze!“ schlägt Blödel vor.
„Ich spiel mit ihnen Teekesselchen-Raten“, fällt dem Teekesselchen ein.
„Mein Pegasus kann in den Lüften Loopings fliegen und ihnen goldene Pferdeäpfel zuwerfen“, fügt der Schreibstift an.
„Ein Schlaraffenland kann ich denen vorgaukeln, daß ihnen das Wasser im Mund zusammenläuft und dann heraustropft, daß sie bis zu den Knien im Wasser stehen“, sagt Fantasie lachend.
„Wenn ich tanze, werden sie für nichts anderes mehr einen Sinn frei haben“, bemerkt Vasylin.
„Meine Einleuchter lassen ein Feuerwerk aus Geistesblitzen steigen“, ruft Robin.
„Einige tolle Zauberstücke hätte ich anzubieten“, mischt sich unser Sprachschnitzer ein. Mit Fingern, geschwind wie Hummelflügel, breitet er LIEB vor seinen Zuschauern aus, wie durch ein Wunder wird daraus ein BEIL, einen Daumenruck später steht da LEIB, und ehe man ’s richtig begreifen kann, ist BLEI daraus geworden. Alle applaudieren heftig.

„Und ich habe ein wenig Jonglieren geübt, so aus Spaß“, meldet sich der Schreibstift noch einmal. Geschickt und der Reihe nach wirft er folgende Worte in die Luft: Als der Hund die Wurst klaute, warf der Bauer ihm den Schuh nach. Die Worte tanzen und kreiseln, bilden immer neue Wortketten:

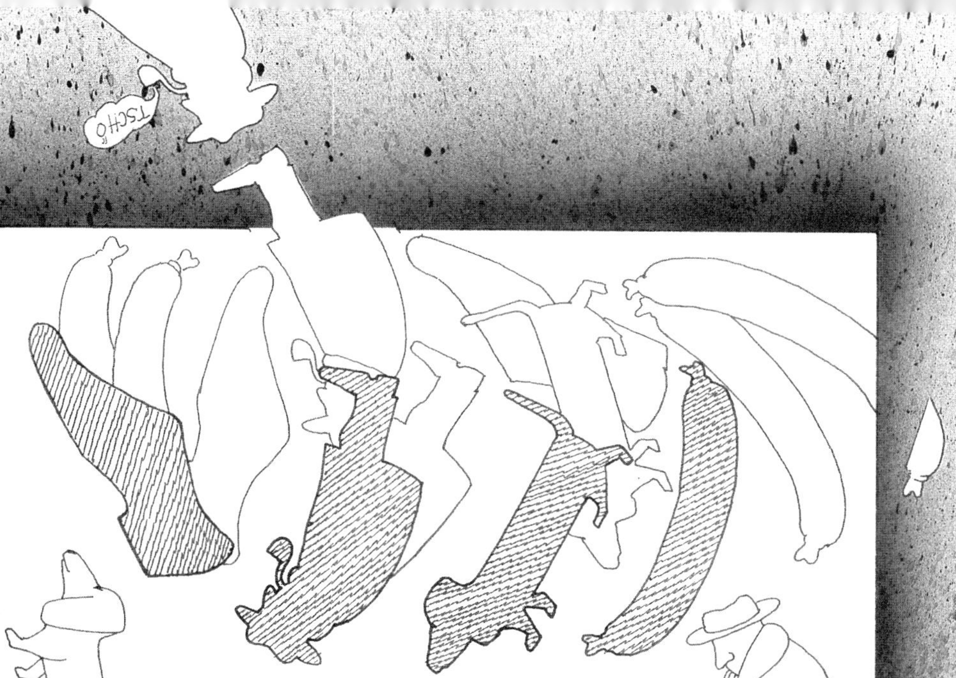

Als der Hund die Wurst klaute,
warf der Bauer ihm den Schuh nach.

Als die Wurst den Hund klaute,
warf der Schuh ihm den Bauern nach.

Als der Schuh den Bauern warf,
klaute die Wurst den Hund nach ihm.

Als der Wurf nach dem Hund wurstete,
baute der Schuh ihm den Klau.

Als die Klauen des Hundes warfen,
schuhte nach ihm die Wurst den Bauern.

Wirrer und wirrer wird das Wortspiel, verwischt sich vor den Augen, bis dem Schreibstift endlich doch der Bauer herunterfällt. Da erst löst sich die atemlose Spannung, alle klatschen wie wild in die Hände.

„So könnte es gehen“, atmet Katja auf. „Wir veranstalten ein Fest, machen den Höflingen etwas vor, lassen sie aus dem Staunen nicht herauskommen, und in der Zeit müssen jeweils diejenigen, die gerade nichts vorführen, den bösen Sprachschnitzer mit Orden überschütten.“
Eifrigst sind jetzt alle bei der Sache. Jedem fällt noch etwas ein, was er zum Fest beitragen kann.
„Ich weiß sogar, was für ein Fest wir feiern“, erklärt Vasylin. „Wir feiern ein Doppelhochzeitsfest.“
Blödel legt seinen Arm um Vasylins Schulter und nickt. Fantasie und Sinn fassen sich an den Händen, schauen sich an. Robin ruft: „Aber ihr gehört alle vier zusammen!“
Nun gehen Fantasie und Sinn zum anderen Paar. Fantasie küßt

die Schwester, Sinn schüttelt erst Blödel die Hand, streichelt dann Vasylin übers Haar. Alle vier sind miteinander verbunden. Staunend und freudig ruft Blödel: „Hört nur. Vasylin klingt."
Ja, jetzt hört es jeder. Vasylin ist Musik. Vasylin ist die Form, und die Form macht die Musik. Sie bestimmt den Rhythmus, gibt die Melodie.
„Wenn wir erst die bösen Sprachmächte besiegt haben", verspricht Sinn, „werden wir gemeinsam das Sprachland regieren. Gemeinsam werden wir jede Maßnahme beraten. Keiner von uns soll mehr ohne die drei anderen sein."
Jetzt wird der Jubel zum Meer, und einige kleine Uferwellen müßten sogar aus diesem Buch herausschwappen, so wild schwillt es.

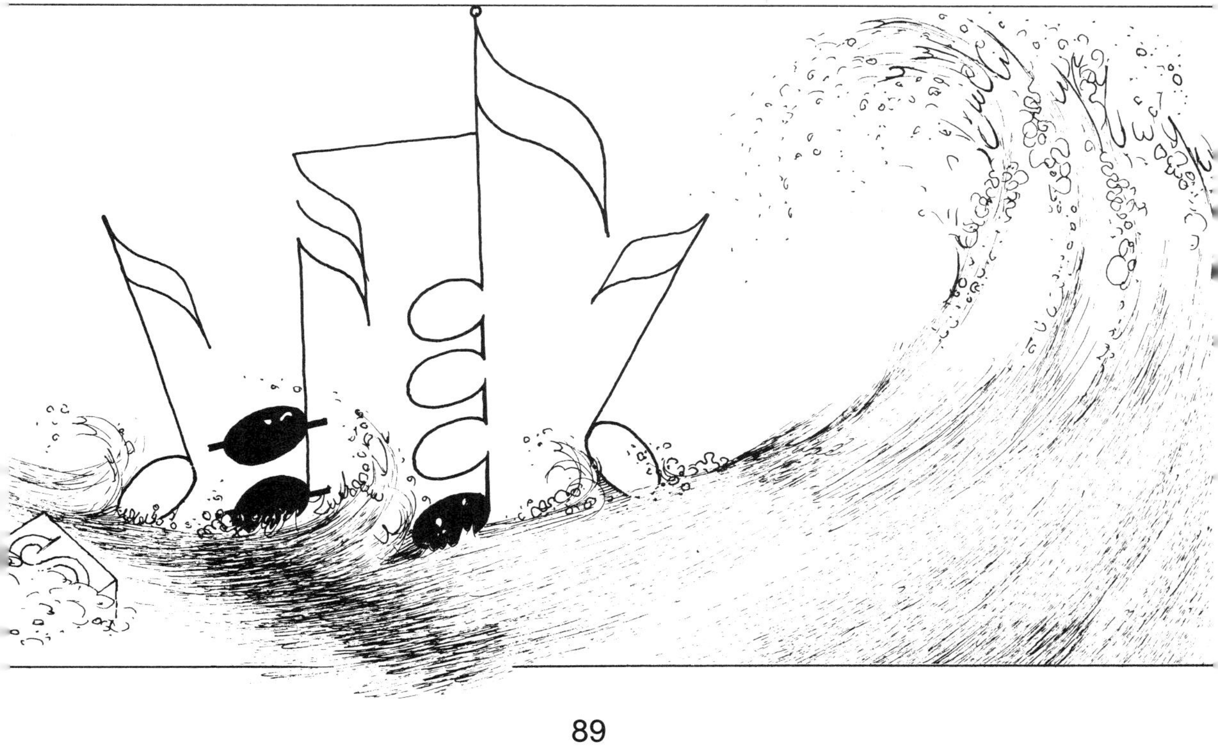

12 9231-12

„Zum Hochzeitsfest gehört ein Hochzeitskuchen", weiß Robin.
„Ich bringe Mehl, Eier, Zucker, Wasser, Salz", sagt Sinn.
„Ich bringe Zitronat, Rosinen, Mandeln, Vanille und noch einige Überraschungen, die ich vorher nicht verrate", sagt Fantasie.
„Ich rühre, bringe in die Form, backe", sagt Vasylin.
„Und ich mache oben auf den Kuchen mit Bonbons eine lustige Verzierung, ein Gesicht mit roter Nase und grünen Haaren", sagt Blödel.
Man kann sicher sein, daß dieser Kuchen gut wird.
„Freut euch nicht zu früh", gießt Alexander Wasser ins Begeisterungsfeuer. „Die Zeit vergeht. Wie kommen wir denn an die Orte, zu denen wir müssen? Wir müssen in die Region der Artigkeit, um die echten Herzlichen zu befreien. Wir müssen an den Stadtrand von Lug, um uns mit den Sprachverarmten zu vereinen. Wir müssen gegen die Armee kämpfen. Wir müssen das Fest feiern, um den bösen Sprachschnitzer mit Orden zu binden. Wir müssen . . ."
„Wir müssen uns trennen", sagt Katja. „Robin und seine Einleuchter müssen mit unserem Professor zusammen die echten Herzlichen befreien, die Stadtrandbewohner sammeln, die Armee besiegen. Fantasie, das Buchstabenhörnchen, vor allem aber König Sinn müssen vorher nach Lug. Sinn muß sich dem Volk zeigen, muß das Fest ankündigen. Fantasie muß es wohl vorbereiten."
„Und das Sprachland ist groß. Wie kann man so schnell zu den unterschiedlichen Orten reisen?" wirft Alexander ein, sieht richtig sorgenvoll aus.
„Mein Pegasus", sagt der Schreibstift, „kann zwar alle und alles tragen, aber er kann nicht in zwei Richtungen gleichzeitig fliegen."
„Aber wer mich anfaßt oder jemanden anfaßt, der gleichzeitig mich anfaßt, den kann ich überallhin mitnehmen", erklärt Fan-

tasie. „Wir haben also schon zwei Reisemöglichkeiten."
„Die Einleuchter sollen mit dem Schreibstift auf dem Pegasus fliegen", faßt Katja zusammen. „Die nach Lug müssen, fassen sich alle an, und die erste Person in dieser Kette berührt Fantasie."
So geschieht es.
Den Pegasus besteigen Robin Trockenhaube und seine Männer, Blödel und Vasylin, unser Sprachschnitzer, natürlich auch der Schreibstift.
Eine Polonaise mit Fantasie an der Spitze bilden Sinn, das verrückte Teekesselchen, das Buchstabenhörnchen, die kunstvolle Spinnerin.
Und Katja wird mit nach Lug träumen. Sie hat ihre freie Hand auf die gestapelten Säcke mit falsch gemünzten Wörtern gelegt.
Und Alexander wird mit dem Pegasus fliegen.

Das Reisen geht auf diese Weise schneller als das Denken. Aber in Lug packt Katja plötzlich die Angst. „Fantasie, liebe Fantasie", sagt sie. „Das kann doch gar nicht gutgehen. Ich komme mit der Zeit nicht aus. Und wenn ich nach Hause muß, ist Alexander nicht hier." Fantasie beruhigt Katja. „Der große Unterschied zwischen dem Sprachland und dem Menschenreich ist dieser: Im Sprachland muß nur der Plan gut und bunt und vollständig sein, dann geschehen die Taten schnell und von selbst, denn hier steht den Gedanken kein Ding im Weg. Im Menschenreich dagegen ist das Handeln so wichtig wie das Denken – allerdings (manche Menschen vergessen das) ist das Denken nicht weniger wichtig als das Handeln. Aber das muß ich dir ja nicht sagen, Katja, denn du bist ein kluges Mädchen."
Jedenfalls hat Fantasie recht. Die Vorbereitungen zum Fest gehen glatt und schnell vonstatten, obwohl es tiefe Nacht ist in Lug. Aber Worte, Träume, Gedanken sind nachts so gut unter-

wegs wie tagsüber, ja manchmal gar flinker, wie jeder weiß, der einmal nachts über etwas nachgedacht hat.
Der böse Sprachschnitzer fühlt sich irrwitzig gebauchpinselt, als König Sinn ihm ausrichten läßt, daß er für seine Verdienste um den Staat gebührend mit Orden behängt werden soll. Das Buchstabenhörnchen nagt Löcher in die falsch gemünzten Wörter, die kunstvolle Spinnerin webt Ordensbändchen, das verrückte Teekesselchen organisiert die Musik, Fantasie bereitet das Fest vor – und es kostet sie nur ein Augenzwinkern und zwei Lächeln, beispielsweise den Festplatz zu schmücken.
Und kaum ist der Festplatz geschmückt, da kommen auch schon die echten Herzlichen und die Stadtrandbewohner und die Einleuchter und Robin, Blödel, Vasylin, der Schreibstift, der gute Professor und natürlich Alexander fröhlich singend auf dem Pegasus angeflogen.
Ein kurzer Knall stört für einen Ohrenhorch die Festtagsstimmung – das ist der Stein, der von Katjas Herz plumpste.
Der Kuchen wird gebacken. Ein Riesenkuchen, der für alle Bewohner des Sprachlandes reichen soll.
Da steht er schon und duftet gut. Die Einleuchter knipsen in vielen Köpfen Licht an. Taghell ist Lug, taghell ist Klug. Der Sprachschnitzer liegt unter seinen Orden und gibbelt, als würde er gekitzelt.
Alle Höflinge sind vor den Darbietungen staunend erstarrt, da hat die kunstvolle Spinnerin sie schon eingewickelt. Wer Besserung gelobt, wird vom Buchstabenhörnchen freigenagt.
Der Schreibstift plant einen großen Roman über Katja, Alex und die Befreiung des Sprachlandes. Die beiden Hochzeitspaare fallen sich in acht Arme, und Fantasie ruft: „Katja, Alex, kommt her! Ihr gehört dazu.“ Jetzt sind es drei Paare mit sechs Köpfen und zwölf Armen, die sich knuddeln und küssen und freuen und . . .

„Ui, ist mir das peinlich“, sagt Katja, als sie die Augen aufmacht. Gerade hat sie nämlich Alex umarmt und geküßt. Und jetzt sitzen sie beide am Küchentisch. Es ist sieben Uhr. Der Reisewecker ist weg.
„Haben wir geträumt?“ fragt Alex.
„Nein“, antwortet Katja, nimmt die Landkarte vom Tisch.
„Die Reise war schön“, sagt Alex. „Sie war wunderschön, vom ersten Augenblick bis zum letzten Kuß.“ Da wird Katja rot.
Und wie das so ist, wenn jemand verlegen wird, sogar noch, nachdem er oder sie den König Sinn kennengelernt hat – auf einmal redet Katja von etwas anderem. „Ich bin ja so gespannt, ob wir am Montag dem Kaffer schon anmerken können, daß im Sprachland wieder der Sinn regiert.“

„Vielleicht“, meint Alex,
„hören wir 's schon im Radio.“
Und er steht auf und
schaltet das Gerät an.